Stephan Krawczyk

MENSCH NAZI

Ein Roman

KAPITEL 1

Inmitten all des Meinungsgewimmels eine eigene Meinung zu haben, ist schnell behauptet. Doch nähme man sich Zeit und versuchte herauszufinden, was von dieser eigenen Meinung wirklich eigen – also quasi selbstgemacht – ist, fiele die Behauptung womöglich etwas weniger behauptet aus.

Draußen verregneter Januar. Drinnen Mittagessen. Auf dem Küchentisch liegt mein iPhone. Marvin, sieben Jahre alt, hat es gegen Ende des ausgelaufenen Jahres als Spielzeug entdeckt. Google Earth fasziniert ihn, GarageBand, die Kamera und das Musikprogramm, auf dem außer einer Jazz-CD ausschließlich meine Lieder gespeichert sind. Es läuft gerade Poli-Tick, das Lied über die Selbstgefälligkeit eines Politikers. Marvin fragt: »Papa, was ist Politik?«
Er spricht ein Thema an, mit dem ich jetzt gar nichts zu tun haben will, und wäre das Lied nicht alphabetisch an der Reihe gewesen, auch nichts damit zu tun hätte. Was ist das überhaupt für eine Unsitte, beim Mittagessen Musik aus dem iPhone zu hören. Ich werde gegensteuern müssen …
Mein erster Impuls für eine Antwort geht in Richtung Meinung zur Politik: Fast fange ich an darüber zu schimpfen, was für ein mieses Geschäft Politik sei, sehe aber noch rechtzeitig seinen unschuldig fragenden Blick.
»Weißt du, Marvin, wir leben doch in einer Gesellschaft.«
Er nickt.

»Und in der Gesellschaft sind sehr viele Menschen.«
»Sehr viele Menschen«, wiederholt er und stellt sich auf den Stuhl.
Ich sage: »Wir sind beim Mittagessen.«
Er setzt sich wieder.
»Zwischen den Menschen muss es doch vernünftig zugehen, sonst ist das ja kein schönes Leben.«
»Ich bin doch nur auf den Stuhl gestiegen.«
»Nein, ich meine die Gesellschaft. Da muss es doch vernünftig zugehen. Wir gehören zwar auch zur Gesellschaft, doch wenn wir nur alleine wären, würde es schon vernünftig zugehen, ob du nun auf den Stuhl steigst oder nicht. Aber wir sind nicht alleine.« Obwohl mein Sartre-Standard-Satz »Die Hölle sind die Anderen« jetzt gut passte, sage ich: »Gott sei Dank.«
Endlich ist das Lied zu Ende. Der Refrain dudelt am Schluss etwas zu lange: »Dann politicke ich richtig, ticketacke, ticketacke ...«
»Politik«, sage ich, »ist die Wissenschaft vom vernünftigen Zusammenleben all der vielen Menschen in der Gesellschaft. Zum Beispiel im Straßenverkehr. Ohne Politik gäbe es keine Straßenverkehrsordnung und dann könnte jeder fahren, wie er will.« Er überlegt kurz und sagt: »Aber wer will denn einen Unfall bauen?«
Ich sage: »Das ginge dann gar nicht anders, weil keiner wüsste, was der andere vorhat, ob der nun fährt oder wartet oder doch fährt.«

»Papa, würdest du dann noch Auto fahren?«
»Ich glaub nicht.« Und um das Thema abzuschließen, sage ich: »Lebt man in einer Gesellschaft mit Vielen zusammen, muss man sich absprechen, wie man am besten zusammenleben kann. Und das ist Politik – wenn man sich abspricht.«
Er will das Thema nicht abschließen. »Aber Papa, dann ist ja alles Politik. Man muss doch immer was absprechen.«
»Genau«, sage ich, »und wenn man sich streitet, muss man sich solange streiten, bis man sich nicht mehr streitet. Dann hat man sich geeinigt, und es ist Frieden.«
Dieses letzte Wort im Brustton der Überzeugung hatte ihm an der Antwort noch gefehlt. Er wiederholt es, die erste Silbe zärtlich langgezogen, und steigt auf den Stuhl.

Gestern fragte Marvin, was *menschlich* heißt. Ich hatte ihm die Mail eines Freundes vorgelesen, in der das Wort geschrieben stand. »Menschlich ist alles, was Menschen tun«, sagte ich so sachlich, dass es mir im Nachhören kurz möglich war, dieses *alles* wertungsfrei zu verstehen. Es stand nur für die Menge, die alles umfasst, ohne Geschichten, ohne Berichte vom menschgemachten menschlichen Schrecken.

Steht *menschlich* in seiner Bedeutung näher bei den Opfern, oder gebrauchen wir es häufiger in Zusammenhang mit den

Tätern? Sagt man: ein unmenschliches Opfer? Übermenschlich wird im Zusammenhang mit einem gebrachten Opfer manchmal gesagt. Unmenschliche Täter hingegen sind geläufig: der unmenschliche Täter mit seiner Untat. Der ist kein Mensch. Dabei hat gerade dieser Weißnichtwas anlässlich seiner Untat dem Opfer das Menschsein aberkannt, um es wie Vieh behandeln zu können.

Trotz aller Unwörter, die der öffentlichen Fassungslosigkeit entspringen: Eine Gruppe Neonazis, die den jungen Afrikaner in der Berliner U-Bahn zusammenschlägt, sind Menschen. Die Deutsch verstehen. Man hätte sich früher mit ihnen bereden müssen – als sie am Anfang ihrer Laufbahn zum menschlichen Menschen standen. Jeder für sich hätte damals eines Führers bedurft, sei es der Papa oder die Mama oder die große Schwester oder der große Bruder oder vielleicht sogar der Lehrer oder alle zusammen, die das Kind dem Menschlichen, allzu Menschlichen zuführen.

Doch das Kind ist in den Brunnen gefallen und steigt als Monstrum wieder heraus mit kaltem Herzen und starkem Willen gegen Schwächere, gegen das Schwache überhaupt. Ihr Führer hat die Tugenden des deutschen Mannes herausgearbeitet: hart wie Kruppstahl, zäh wie Leder, schnell wie Windhunde. Den Kameradschaftsgeist nicht zu vergessen. Zeltlager, Schießübungen, klare Worte, klares Feindbild, bullige Erscheinung, Körperertüchtigungen, Saufgelage, Hass auf das Fremde, das auf unsere Kosten lebt, uns die Arbeitsplätze wegnimmt und stinkt.

—

Zum ersten Mal traf ich Klemens im »Proppen«, einer Berliner Eckkneipe, die heute als Sportbar mit riesigen Flachbildschirmen zum Verweilen einlädt. Ein Bekannter hatte mich auf einen Absacker eingeladen. Um unseren Stehtisch tänzelte der kräftige junge Mann mit Glatze, Springerstiefeln, Aufnähern seiner Bewegung an der Bomberjacke, angetrunken, wenn nicht gar besoffen. Er versuchte meine Augen zu fixieren. Listig wich ich dem Blick aus. Mein Bekannter senkte die Stimme und sagte: »Will der was?« Offensichtlich wollte der was, denn jetzt blieb er stehen und sah mich an wie die Schlange das Kaninchen. Irgendetwas hatte ihn gegen mich aufgebracht. Nur was? Die Frage sollte mir gleich beantwortet werden. Er kam auf mich zu, zog mich an der Schulter unsanft zu sich herum und fragte mit drohendem Unterton: »Wie muss eine deutsche Frau sein?« Auf seinen rechten Ringfinger war ein Wehrmachtskreuz tätowiert.

Man darf einem Streitsuchenden nur in die Augen schauen, wenn man von vornherein weiß, dass er unterlegen ist. Geistig war er mir ganz sicher unterlegen, körperlich war es umgekehrt. Er hätte mich ohne viel Federlesens zusammenfalten können. Ich sah ihm also zuerst auf das Kinn. Dann fiel mir ein, dass mir mein Bekannter vor einigen Minuten von seiner Wohnungsvermieterin, Frau Deutschmann, erzählt hatte. Die hatte ihm wegen einer einzigen etwas zu lauten Party mit Kündigung gedroht. Darauf hatte ich vielleicht etwas zu lautstark erwidert: »Der Frau Deutschmann würde ich aber was erzählen!«

»Wie muss eine deutsche Frau sein?«, wiederholte der Kerl deutlich heiserer.

Ich sah ihm fest in die Augen und wartete bis kurz bevor er meinem Blick ausgewichen beziehungsweise handgreiflich geworden wäre. Dann rief ich im überzeugten Ton der letzten Worte einer Agitationsrede, sehr gesammelt, dennoch forsch und absolut bedeutungsschwanger:

»Schwarz! Rot! Gold!«

Für einen Moment war es in der Eckkneipe völlig still. In diesem stillen Moment schlug der Gesichtsausdruck meines Gegenübers plötzlich vom Hasserfüllten ins Liebevolle um. Beruhigt wandte ich mich wieder meinem Bekannten zu und wollte gerade sagen, dass die Szene wegen der Frau Deutschmann stattgefunden habe. Da rief der junge Mann in meinem Rücken inbrünstig, und so, als könne er etwas nicht fassen: »Das hat noch keiner gesagt!« Dann lief er wieder um den Tisch herum, immer noch in Streitlaune, doch überhaupt nicht mehr gegen mich gerichtet, sondern eher gegen meinen Bekannten, dem er mehrmals und ziemlich dicht vor dessen

Gesicht sagte: »Wer den angreift, kriegt es mit mir zu tun!«, oder: »Wer dem eine aufs Maul haut, stirbt.«
Hatte er mich bei seinen Tischumrundungen erreicht, tätschelte er mir die Schulter oder hauchte: »So hat das noch keiner gesagt.« Einmal fuhr er mir sogar nicht unschwul mit der Hand über meine Kurzfrisur. Oder sollte ich statt schwul zärtlich sagen? Jene Zärtlichkeit, die es nur unter Verschworenen gibt?
Mein Bekannter raunte: »Den hast du schwer beeindruckt.«
Immerhin war er noch zu beeindrucken. Seinem offenkundig starken Wunsch nach Übereinstimmung zwischen Vorstellungswelt und äußerem Sein hatte ich infolge eines blendenden Einfalls mit den richtigen und richtig betonten Worten erfüllt.

—

Wie konnte es zu dieser Vorstellungswelt kommen, in dem das Idealbild der deutschen Frau (eine andere käme für Idealbilder gar nicht in Frage), mit den deutschen Nationalfarben umfassend beschrieben ist? Diese drei Farben spiegelten für ihn den Charakter, den Körper, ihre Geschicklichkeit, ihren Fleiß, ihren Mut, ihre geistige Beschaffenheit. Besaß er das Abstraktionsvermögen eines Kleinkinds, dem der Himmel mit Sonne, Mond und Sterne umfassend erklärt ist? Von welch kraftvollem nationalen Geist zeugt eine Überzeugung, in der die Frau und das Vaterland auf derselben emotionalen Stufe, ja, im selben Begehren stehen! Oder zeigt die Geschichte doch wieder nur Fehlstellen in der Kindheit, abwesende Eltern, fehlende Autoritäten, die den Spross weder ins richtige Licht noch in den richtigen Wind zu stellen vermochten?

Die allzu häufige Erwähnung nicht wieder gutzumachender Fehler führt meist in ein Gefühl der Resignation, das mit Handlungsunfähigkeit (der es zu wehren gilt) einhergeht. Handlungsfähigkeit in brenzligen Momenten heißt Zivilcourage. Nach dem Versagen der Nächsten jenes Unheil stiftenden Individuums ist die Zivilcourage der Fernen gefragt, sonst eskaliert die Situation. Meist tut sie das, die Situation. Vielleicht deshalb, weil die Zivilcourage kein Messer bei sich hat oder keinen Baseballschläger, noch nicht mal Schusswaffen.

Wären Neonazis nicht chronisch gewaltbereit, könnte man sie als Wiedergänger, als Untote abtun, die zur geschichtsträchtigen deutschen demokratischen Gesellschaft im Medienzeitalter einfach dazugehören. Die Seelen der Nazis haben keine Ruhe gefunden. Als Neonazis kehren sie zurück. Leider sind sie nicht wie im Volksglauben Geister und Erscheinungen, sondern brutal körperlich. Wenn überhaupt von Geist die Rede sein kann, so ist er eingetrichtert.

Der dem Sinn suchenden jungen Menschen eingetrichterte Geist. Dieser Satz erinnert mich an den Schwedentrunk, jene Foltermethode im Dreißigjährigen Krieg. Doch anstatt Gülle wird heute Geist eingetrichtert. Das Opfer ist der, dem

eingetrichtert wird. Ist ein solches Opfer überhaupt schuldfähig, nachdem es selbst zum Täter wurde, oder muss man ihm erst noch in einem langwierigen Umerziehungsprozess zeigen, was sich hinter dem Geheimcode *Schuld* verbirgt? Letztlich wäre es ja gar keine Umerziehung, sondern eine erste Erziehung. Um menschlich im besten Sinne werden zu können, bedarf es der Erziehung zu diesem besten Sinn. Doch das bullige Kleinkind kann nur auf den Sinn der *Ver*ziehung bauen, mit der es zum faschistischen Schaf und zum Schläger der Ideologie eines Machtwahns verzogen wurde.
Wie müsste eine Gesellschaft sein, in der jene gewaltige Aufgabe, die Verführten mit kluger Politik an die Hand zu nehmen und auf den *rechten* Weg zu führen, gelöst werden könnte? Ironischerweise versucht es die hiesige Gesellschaft vordergründig zweidimensional, obwohl es darauf ankäme, der dritten Dimension, jener Dimension der Tiefe, den Vorrang zu geben. Dort eröffnen sich die Räume des Mitgefühls für den Anderen, der Achtung vor dem Anderen und der Achtung vor sich selbst.
Die öffentlich ichende Innerlichkeit braucht eine Gegenstimme. Wir haben große deutsche Lehrer. Martin Luther ist einer von ihnen. Bald ist sein Ehrentag. Luthers Wort müsste über die Gesellschaft ausgegossen werden, bis jeder sich schämt, die Hand überhaupt zur Faust ballen zu können.
»Und ist doch kein Friede!«

Ich führe auf der Leipziger Straße Richtung Potsdamer Platz – plötzlich diese fünf Worte groß wie Häuser, schwarz auf rotem Grund, zwar auch zweidimensional, doch immerhin mit Sinn. Marvin fragte aus dem Fond:
»Warum? Ist nicht Frieden?«
Vielleicht hielte ich es für eine Greenpeaceaktion und sagte:
»Weil wir doch so schäbig mit unserer Natur umgehen.«
»Papa, das ist doch nicht unsere Natur. Die gehört sich doch selber.«
»Yes, Sir!«

—

Bis Klemens sich selber gehörte, hat er siebenundzwanzig Jahre anderen gehört. Wer den Kopf hat, hat den ganzen Menschen. Sie hatten seinen Kopf. Erst die Erzieher im Kinderheim, später die Neonazis. Seine Mutter starb, da war er zwei. Sein Vater hat sich eine andere genommen, die wollte das Kind nicht. Klemens sah sie zum ersten Mal auf ihrer Beerdigung. Kaum war sie tot, hatte ihn sein Vater aus dem Heim geholt. Da war er elf. 1988. Bis dahin hatte ihn die staatliche Erziehung. Appell jeden Morgen, Trillerpfeife zum Wecken. Der schlimmste Einheizer war ein Mann namens Bändchen. Wer nicht sofort mit Waschzeug auf dem Flur stand, musste einen Schritt vortreten und sagen: »Für Frieden und Sozialismus immer bereit.« Und wenn es Bändchen nicht laut genug war, musste es das jeweilige Kind, mussten es die jeweiligen Kinder wiederholen. Es ist Klemens gelungen, nicht ein einziges Mal vortreten zu müssen.

—

Erzählt er vom Kinderheim, klingt er gehetzt, fängt zu stottern an. Manchmal kann ich ihn ablenken, rede beispielsweise über Bier. Über Bier lässt sich einiges sagen, das Klemens für gewisse Zeit von jenen Kräften befreit, die ihn zu stottern zwingen.

Er sagt: »Wir haben Bier in den Aschenbecher geschüttet, und wer ihn ausgetrunken hat, war Gott.«

»Sind die Kippen nicht giftig?«

»Nicht gegessen. Nur die Brühe.«

Klemens war dreizehn, als er Gott wurde.

—

Sein Vater hat ihn zwar nicht mit Trillerpfeife geweckt, dem war es aber auch egal, wann Klemens zu Bett ging. Seit er allein beziehungsweise mit seinem Sohn zusammenwohnte, soff er.

Er hat »Mach doch, was du willst!« gebrüllt und sich vor die Glotze gesetzt. Klemens wollte sich nicht daneben setzen. Er ist auf die Straße gegangen. Dort waren andere Jungs von saufenden Vätern und kränkelnden bis toten Müttern, zwischen den sogenannten Neubaublöcken eines Satellitensoziums von Ost-Berlin. Die Mauer war ganz frisch gefallen. Ganz frisch war der Wind, der Klemens' Vater manche Nacht in die Puffs von

West-Berlin wehte. Dabei hatte der Vater gar kein Geld. Er wollte nur mal gucken und hat sich dann zu Hause einen gegönnt – wie man damals, glaube ich, noch nicht gesagt hat.

—

»Der war für mich ein Schwein«, sagt Klemens und gießt Bier aus seiner leeren Flasche in den Aschenbecher.
»Willst du Gott werden?«, frage ich.
Er sagt: »Heut nicht mehr.«

—

Aus dem Raum der Machtausübung im sozialistischen Kinderheim war er ins Machtvakuum gefallen, von der Dressur in die Zügellosigkeit.
Bei seiner Klassenlehrerin hatte er in der sechsten und siebten Klasse Deutsch. Zweimal pro Woche, wenn die erste Stunde von ihr unterrichtet wurde, brachte sie ihm Frühstücksbrote mit. Ihm und irgendwann auch Enrico, seinem Banknachbarn, dessen Vater nach dem Mauerfall abgehauen war, weshalb seine Mutter versucht hatte, Selbstmord zu begehen. Sie schnitt sich das Handgelenk quer durch und konnte in ihrem weiteren Leben die Finger der linken Hand nicht mehr bewegen.
Als 1990 die achte Klasse begann, war die mütterliche Lehrerin plötzlich nicht mehr an der Schule. Für die beiden Jungs wäre sie der einzige Grund gewesen, wenigstens zweimal pro Woche zur Schule zu gehen. Es fiel gar nicht auf, dass

Klemens und Enrico fehlten. Die DDR wurde gerade aufgelöst. Es gab Wichtigeres als Anwesenheit zu kontrollieren.

—

»Vater werden ist nicht schwer, Vater sein dagegen sehr.«
Man muss sich auf Dauer als Vater erweisen, um das Gewicht dieser sprichwörtlichen Wahrheit ermessen zu können. Gegen all die neuen, modernen und falschen Autoritäten einzuschreiten, ist ein Kraftakt, der trainiert sein will. Trotz und gerade wegen der heutigen Wertebeliebigkeit muss der Vater wachsam sein, um des Sprösslings Aufmerksamkeit nicht in falsche Bahnen lenken zu lassen. Des Menschen effektivste Lernweise ist die Nachahmung. Auf wie viel Unsinn kämen die Kinder gar nicht, lebten ihnen die Eltern den Unsinn nicht vor? Wie viel davon bliebe dem Kind erhalten, was es ins irdische Dasein mitgebracht hat! Dazu gehört Mitgefühl.

»Ich will nicht werden ein Mann, ich will werden ein Kuckuck.«
Die wenigen Wörter, die Marvin als Dreijähriger sprechen konnte, genügten, um sich als jemand zu zeigen, der auf der Seite der Schwachen steht. Er wollte nicht der Jägers-*Mann* sein, der den Kuckuck totschießt, sondern der Kuckuck, dem das Unglück widerfährt. Demzufolge wäre der Mensch gut – jedenfalls am Anfang. Die Behauptung, das Böse sei dem Menschen schon in die Wiege gelegt worden, provoziert zumindest die Frage: »Von wem?«

Seit einem Monat hatte ich Marvin »Auf einem Baum ein Kuckuck« als Schlaflied vorgesungen. Marvin hatte es sich allabendlich gewünscht. Ich dachte, wegen des kunstreichen Simsalabimbambasaladusaladim. (Es sollte noch ein Jahr dauern, bis er den Refrain mitsingen konnte.) Doch es war wohl eher der Zusammenhang zwischen schießen und tot sein, der in keinem anderen populären deutschen Kinderlied so deutlich zur Sprache kommt.
Eines Abends forderte er, ich solle zwar das Lied singen, aber ohne, dass der Kuckuck totgeschossen wird. Fortan sang ich das Lied in einer vom Tod bereinigten Fassung: Der Jäger schoss in die Luft. Am Schluss rief derselbe Kuckuck seinen Namen aus Freude darüber, nicht getroffen worden zu sein. Zwei Jahre später unterbrach mich Marvin nach der vierten Strophe und sagte: »Warum schießt denn der Jäger in die Luft? Da erschreckt er doch den Kuckuck. Der muss doch gar nicht schießen.«
Ich erwiderte, das Lied sei auf dem Verhältnis zwischen Kuckuck und Jäger aufgebaut. Selbst wenn der Jäger nur riefe, könne dies den Kuckuck erschrecken. Irgendwie müsse sich der Mann doch bemerkbar machen, sonst bräuchte man das Lied gar nicht zu singen. Genau so war es. Marvin wollte lieber andere Lieder zum Einschlafen. Sein absoluter Nummereins-Einschlafhit ist nach wie vor »Dat du min Leevsten büst«.

Wie ich unlängst von einem Mecklenburger erfahren habe, heißt die Zeile in der letzten Strophe *sech, wou du heeßt,* nicht *sag, wie du heißt,* sondern *sag, wer du bist.*
Etwas Derartiges hatte ich vermutet. Es wäre ja auch komisch, empfinge das Mädchen den Geliebten nachts um eins in ihrer Kammer, ohne dessen Namen zu wissen.
Sag, wer du bist. Was für eine große Aufforderung in diesem wunderschönen Liebeslied. Für Marvin war sie leicht zu erfüllen: »Ich bin ein Junge, der wild ist und der rennen will.«
Dabei lag er neben mir und hatte ein schlafendes Krokodil auf dem Zeigefinger.

—

In der DDR hieß ein aus Platten gefertigtes Hochhaus *Block.* Der Mann, der im Block etwas zu sagen hatte, war nicht, wie bei den Nazis, der Blockwart, sondern der Wohngemeinschaftsvorsitzende. In jedem Block gab es einen Wohngemeinschaftsraum. Der Wohngemeinschaftsvorsitzende, ein SED-Mitglied, hatte den Wohngemeinschaftsraumschlüssel. In dem Block, wo Enrico wohnte, gegenüber dem Block, in dem Klemens wohnte, steckte seit Mitte 1990 der Schlüssel im Schloss der Tür des Wohngemeinschaftsraumes und wurde nicht mehr abgezogen, weil auch der Wohngemeinschaftsvorsitzende seine Frau verlassen hatte und ausgezogen war. An den Schulvormittagen schlossen sich die beiden Jungs bei schlechtem Wetter in den Wohngemeinschaftsraum ein und hingen ab, bei gutem streunten sie durch die nahe Kleingartenanlage, klauten aus den Gartenlauben geistige Getränke und vorrangig Gartenzwerge, die sie auf den Flohmärkten West-Berlins vertickten oder im Kabuff lagerten, das nur über den Gemeinschaftsraum zu betreten war. Von dem Geld kauften sie sich Zigaretten und, soweit es die Lauben nicht hergaben, Dosenbier.

Wegen des Gestanks durch die Türritzen und der anhaltend lauten Musik hatte ein Nachbar bei der Polizei angerufen. Durch das Fenster sahen die Beiden, wie ein Streifenwagen vor dem Block hielt. Klemens schaltete das Radio aus. Enrico zog den Schlüssel ab. Der Wohngemeinschaftsraum befand sich in Parterre. Sie warteten, bis es an die Tür klopfte, und türmten dann durchs Fenster. Doch sie hatten übersehen, dass im Auto ein weiterer Polizist saß. Der nahm die Verfolgung auf. In einer Gartenlaube, die sie vor Tagen aufgebrochen hatten, konnten sie sich verstecken.

Bis auf den Anruf bei der Polizei hatte sich die Hausgemeinschaft aus den Problemen der beiden Jugendlichen herausgehalten. Soviel zum Thema Wärme und Zusammengehörigkeitsgefühl, das von DDR-Nostalgikern gern und oft erwähnt wird, wenn sozialistische Tugenden heraufbeschworen werden. Kaum war die DDR in der deutschen Einheit aufgegangen, wurde es sehr schnell üblich, in den Nachbarskindern von Pubertät an eher eine Bedrohung zu

sehen, als sie mit den richtigen Worten an ein vernünftiges Leben zu erinnern.
Im Kabuff standen noch ein knappes Dutzend Gartenzwerge. Die hatte die Polizei als Hehlerware identifiziert und an den Nachbarn übergeben, der selbst Kleingärtner war, von den Einbrüchen wusste und einige Geschädigte sogar persönlich kannte. Als sich die beiden Jungs in der Nacht nach Hause schlichen, stand ein angeketteter Gartenzwerg vor dem Hauseingang und daneben auf einem Schild: »Wer seinen Gartenzwerg vermisst, bei Strobel klingeln.« Der Hausgemeinschaftsraum war abgeschlossen. Der alte Schlüssel passte nicht mehr.
Enricos Mutter wurde auf die Polizei bestellt. Sie wusste nicht weshalb, der Nachbar hatte sie nicht angesprochen. Sie fragte ihren Sohn, ob er was ausgefressen habe. Der verneinte natürlich. Dass er die Schule schwänzte, wusste sie ebenfalls nicht, und weil sie selbst ab Mittag trank, roch sie auch seine Fahne nicht, wenn er spät nach Hause kam. Am Abend nach der polizeilichen Anhörung fand er sie betrunken in der Küche sitzen. Sie weinte und lamentierte, bald sitze sie ganz allein hier, nämlich wenn ihr feiner Sohn seine Jugendstrafe absitzen müsse.
In derselben Nacht klingelte Enrico bei Klemens. Dessen Vater war unterwegs. Sie beratschlagten, was nun zu tun sei, entschieden, am nächsten Morgen pünktlich zur Schule zu gehen

und wären auch gegangen, hätten sie nicht verschlafen. Ihr Wille zur Besserung scheiterte am haltlosen Lebenswandel. Einen Tag später versuchten sie es noch einmal. Mit demselben Ergebnis. Sie redeten nicht mehr davon und saßen vormittags zwei Ecken weiter im Häuschen der Bushaltestelle.
Die Polizei hatte in dieser Zeit anderes zu tun, als sich um den Fall zweier Gartenzwergdiebe zu kümmern. Sie strukturierte sich neu. Weder Enricos Mutter noch er selber wurden mit weiteren Ermittlungen konfrontiert.

—

»Hätten wir im Wohngemeinschaftsraum überwintert, wären wir durchgewesen«, sagt Klemens, als er, ganz ohne zu stottern, von dieser Zeit erzählt. »Jeder Gartenzwerg war ein Vollrausch. Da wirst du blöde dabei. An 'ner Bushaltestelle kannst du dich nicht so hängen lassen.«
Die Blicke der Ein- und Aussteigenden, ob geringschätzig oder gleichgültig oder freundlich, brachten die Beiden dazu, das Dosenbier aus Plastikbechern zu trinken.
»Ob du's glaubst oder nicht: Aber das hat was ausgemacht.«
»Ihr wart ja auch erst vierzehn.«
»Wir sahen aber schon älter aus.«

—

Sie waren nicht die einzigen, denen die Schule zu zeitig anfing. Zur Runde gehörten auch zwei dreizehnjährige Mädchen, Zwillinge. Deren Eltern lagen seit Monaten im Krankenhaus.

Zu schnell war der neue Westwagen gewesen. Die Kurve der Unfallstatistik stieg nach der Währungsunion rasant. Der sozialistische Bleifuß war bei den neuen Modellen unangebracht.
Mit Mädchen hatten weder Klemens noch Enrico bisher Erfahrungen gemacht. Es dauerte auch nicht lange, bis sie schon deshalb die Schule schwänzen mussten, weil das Geplänkel mit den Zwillingen seinen eigenen Reiz hatte: irgendwie anders besoffen. Sandra hieß seine Flamme, Enricos Nicole. Als Sandra zum ersten Mal auf seinem Schoß saß, fragte sie: »Wer bin ich?«
Er sagte den Namen absichtlich falsch. Dafür hat sie ihn auf den Mund geküsst, sein erster Kuss auf den Mund - von weiblicher Seite. Enrico hatte ihn schon geküsst, mit Zunge. (Man konnte auch Gott werden, wenn man den Aschenbecheraustrinker in den Mund küsste.)
Den Zwillingen wurde es irgendwann zu kalt draußen. Nach dem ersten Schnee ließen sie sich nicht mehr blicken. Eine Woche lang sind die Jungs noch zur Bushaltestelle gegangen, dann schnitten sie sich bei Klemens zu Hause gegenseitig die Haare ab und rasierten sich Glatzen.
Als der Vater nach Hause kam, hat er mit Heil Hitler gegrüßt. Sie wussten nicht, was er damit meinte, nicht mal, dass die Glatze bei jungen Männern für eine Geisteshaltung stand. Sie wollten wenigstens ihr Aussehen verändern, wenn sie es in der eigenen Haut schon kaum noch aushielten.

Am nächsten Morgen gingen sie wieder zur Schule. Weder von den Mitschülern noch von den Lehrern wurden sie angesprochen. Sie fühlten sich unwohl, aber auch stark. Zur Hofpause kam einer aus der zehnten Klasse zu ihnen und fragte, ob sie sich mit zu seinen Kameraden stellen wollten. Er hatte ebenfalls eine Glatze, und die Gruppe, zu der er gehörte, auch. Ein Dutzend glatzköpfiger Jungs standen in der Mitte des Schulhofs. Um sie herum schien es einen Bannkreis zu geben, den niemand betrat.
Sie trugen alle schwere schwarze Schuhe, sogenannte Springerstiefel, graue Bundjacken und Armeehosen. Vor den Sommerferien standen die noch nicht da. Es waren zwar keine neuen Schüler, doch gab es sie nicht als dieses Dutzend.
Ohne darüber gesprochen zu haben, nahmen unsere Achtklässler an, die Gruppe hätte sich wegen Liebeskummer gefunden. Damit wollten sie nichts mehr zu tun haben. Es war kalt am Kopf. Das tat gut!
Am Kopf frierende junge Männer in der Mitte des Schulhofs einer neu getauften Schule zu Zeiten des Alles-Anders.

—

Die Jugend braucht überzeugende Ideen. Man kann es drehen und wenden, wie man will: Sie sucht nach einer Autorität, die sie zu überzeugen vermag. Überzeugung ist Halt. Die Diktatur mit ihrer Überzeugung war gerade verabschiedet worden. Was für eine Brachfläche fanden die Überzeugungstäter zum Be-

ackern vor! Sie kamen mit Mythos und Ideologie, mit Antworten gegen die Einsamkeit, mit Protest und einfachen Halbsätzen, fanden die Suchenden auf der Straße, auf öffentlichen Plätzen. Zu Hause war es öd. Die Abwesenheit saß mit der Unsicherheit am Tisch, die Sprachlosigkeit reichte geistige Getränke. Nur der Fernseher schwieg nicht.
Man muss von unten kommen, um dieser kulturellen Kargheit nachspüren zu können, sonst fällt deren Beschreibung zu blumig aus. Jede Idee, überzeugend vorgetragen, findet ihre Anhänger. Es verwundert, dass es nicht noch mehr junge Leute in der DDR gab, die sich für die Idee des Nationalsozialismus begeistern ließen. Und hätte die Öffentlichkeit nach der friedlichen Revolution nicht so viele überzeugende Ideen parat gehabt, wären es zweifellos auch mehr gewesen – mit kaltem Kopf – Winter Neunzig/Einundneunzig – ein Dreivierteljahr, bevor im Osten des Ostens ein Flüchtlingsheim brannte.
Wahrscheinlich gab es nirgendwo so viele Negerwitze wie in der DDR. Neger waren in der DDR so selten, dass ihnen noch besondere Aufmerksamkeit zuteil wurde. Der Witz über den Bus voller Schwarzer an der DDR-Grenze: Ein Grenztruppenoffizier steigt zur Passkontrolle in den Bus und fragt: »Hat's bei Ihnen gebrannt?« In der DDR war der Witz ein Brüller, im Westen war er schwach bis doof. Je mehr Fremde anwesend sind, desto weniger macht man sich über sie lustig.

Außer den Neger-Witzen gab es in der DDR die Fidschi-Witze: Wird ein Arbeiter im Werk gefragt, ob er zu Weihnachten mal einen Fidschi nimmt. Sagt er: »Eigentlich nehmen wir immer Gans.«

Sowohl die Afrikaner als auch die Vietnamesen waren als Arbeiter in der DDR. Man achtete darauf, dass es dabei blieb. Kam es zu Beziehungen zwischen einem Ausländer und einer DDR-Bürgerin, umgekehrt war es selten, bereiteten die Staatsorgane der Liebe, meist dann, wenn sie am stärksten war, ein jähes Ende. Der Delinquent wurde in die Heimat abgeschoben und gegen einen anderen ausgetauscht. Die Zahl derer, die ins sozialistische Paradies durften, blieb dieselbe. Isolation in der Isolation.

Fremdenfreundlichkeit muss man vom Leben lernen. Gibt es keine Gelegenheit dazu, ist sie nicht vorauszusetzen. Der dumpfe, machtlose Zorn eines ungebildeten Mannes, der es zum Schlosser gebracht hat und nun, nach dem Ende der sogenannten sozialen Sicherheit, schleichend anfing zu meinen, der Arbeitsplatz würde ihm von den Ausländern weggenommen. Seine Angst vor Nutzlosigkeit und Überflüssigsein ist ein schlechter Ratgeber für einen freundlichen Umgang mit Fremden im arbeitsfähigen Alter.

Die DDR-Führung konstatierte gern und oft, es gebe weder Rassismus noch Faschismus in der DDR. Die Entnazifizierung in der SBZ bestand darin, die ehemaligen NSDAP-Mitglieder ab Juli 1945 auf die Blockparteien zu verteilen. Wer eintrat, dem ward verziehen. Es gab die NDPD, ein Zugeständnis an die NSDAPler. Im Sozialismus wurde das S von *Sozialistische* zum D von *Demokratische.* Je höher es in der Hierarchie der Blockparteien ging, umso höher war der Anteil ehemaliger Nazis, bis zu vierzig Prozent. Ab und an wurde ein Nazi »enttarnt« und der Öffentlichkeit vorgeführt, um die Legende, in der DDR würde konsequent entnazifiziert, zu nähren. Man muss sagen: mit Erfolg. Noch heute wird die DDR unter anderem mit dem Argument verteidigt, dort habe es keine Nazis gegeben.

Für die gelernten DDR-Bürger und -Bürgerinnen war das Thema tabu. Es wurde ebenso wenig darüber geredet wie über Rassismus. Als es schließlich bunter wurde in den sogenannten neuen Ländern, begann die Auseinandersetzung mancherorts auf einem ähnlichen Niveau menschlicher Anteilnahme, wie es nach dem Zweiten Weltkrieg in Gegenden Westdeutschlands anzutreffen war. Noch Anfang der Fünfziger hielt man auf einem Bauernhof im Allgäu einen Schwarzafrikaner als Wachhund.

Monate nach Kriegsende sah meine spätere Mutter, fünfzehnjährig, zum ersten Mal in ihrem Leben einen Schwarzen. Sie floh voller Angst zum nächsten amerikanischen Militärposten, gestikulierte heftig in jene Richtung, aus welcher das

Unbekannte gleich käme, rief: Neger! Neger! – und wurde ausgelacht.
»Wir kannten das doch nicht. Wir hatten doch alle nur Angst. Klar, hinterher. Das war bloß ein ganz braves Jüngelchen.«
Immerhin, sie wurde ausgelacht. Ihr erster Kontakt mit der schwarzen Rasse hatte aufklärenden Widerhall gefunden. Doch hätte man ihr gesagt, dies sei genau jener Untermensch, den die Nazis in ihrer Kindheit an die Wand gemalt hatten, wäre es ihr wohl viel schwerer gefallen, gegen Schwarze jemals gleichgültig zu sein.
In der thüringischen Kleinstadt, wo sie nach der Flucht vor den Russen eine neue Heimat gefunden hatte, trug sie halbtags Briefe aus. Im Lederwerk der Stadt arbeiteten sowohl Vietnamesen als auch Angolaner. Sie hatte deren Wohnheim nicht auf ihrer Tour. Die Ausländer waren selten in der Stadt zu sehen, so selten, dass meine Mutter eines Abends, Wochen nachdem sie auf dem Bürgersteig von zwei Angolanern freundlich lachend gegrüßt wurde, verwundert sagte: »Die haben so weiße Zähne.«
Die Begegnung mit der anderen Rasse hatte sie beschäftigt. Staunend und auch ein wenig begeistert davon, wie freundlich Neger seien, setzte sie sich vor Robert Lembkes heiteres Beruferaten »Was bin ich?« und sagte dessen Standardfrage an das Rateteam, bevor der selbst zu Wort kam.
»Welches Schweinderl hätten 'S denn gern?«

Sie wusste, dass der Guido fast immer das blaue nahm, wenn es ihm die Marianne nicht vorher wegschnappte.
1989 wurde die Sendung aus Altersgründen eingestellt. Im »Glücksrad« fand meine Mutter Ersatz. Sie sprach den Moderator mit Vornamen an und lächelte dabei süßlich. Wenn ich sie besuchte und während ihres Telegenusses lesend an der anderen Seite des Wohnzimmertischs im Sessel saß, sprach sie mich gelegentlich an, weil sie das im »Glücksrad« zu erratende Sprichwort schon vor dem Studiogast herausbekommen hatte. Ließ ich mich nicht wenigstens zu einem Lob hinreißen, sagte sie: »Mit dir kann man sich ja gar nicht mal ein bisschen unterhalten.«
Die Jahre vergingen. Allmählich schob sich Unbehagen in ihr einfaches Gemüt. Auch die Kleinstadt wurde nicht von den demokratischen Untugenden verschont. Die Zahl der Randaliererereien, Einbrüche und Diebstähle nahm zu. Für meine Mutter war die Sache klar: »Das sind die Ausländer.«
Ich sagte: »Muss nicht sein.«
»Ach na, wer denn sonst! Das hat's doch unterm Honecker nicht gegeben!«
Es zog mich plötzlich auf den Balkon, eine rauchen. Trotz meiner Dissidentengeschichte, an der sie zwangsläufig leidvoll beteiligt war, ließ sie sich zu solchen Sprüchen hinreißen. Obwohl sie die Schlagschattenseite der DDR kennengelernt hatte. Doch die neue Unsicherheit war ihr schon näher als die

Jahre zurückliegende Unsicherheit, die sie empfunden haben mag, als ich im Gefängnis saß und dann in den Westen abgeschoben wurde.

Das Wort *Gesockse* kannte ich nur von meinem 1985 verstorbenen Vater, der es im Zusammenhang mit unverlässlichen oder sittlich verwahrlosten Menschen gebrauchte. Meine Mutter verwendete es plötzlich für Ausländer. Als hätte sich der Kreis ihrer früh geprägten Gesinnung im Alter geschlossen.

Wie gesagt, den Nationalsozialismus hatte die DDR per Behauptung überwunden. Doch nicht nur bei meiner Mutter waren die Wurzeln in diese Zeit noch aktiv. Die Generation vor mir war während der Nazi-Diktatur jugendlich. Warum sollten sie sich die schönste Zeit im Leben zuschanden reden? Wer es überlebt hatte, konnte froh sein, seine Jugend erlebt zu haben!

In Westdeutschland hatten die Achtundsechziger die Schuld der Väter an die große Glocke gehängt. Durch die DDR fuhren 1968 sowjetische Panzer in Richtung Prag.

Ich erinnere kein Gespräch, weder zwischen meinen Eltern noch zwischen den Großeltern oder zahlreichen Verwandten, das sich um die Nazi-Diktatur gedreht hätte. Allerdings kamen Worte aus jener Unzeit schon hin und wieder vor: Ohne Schlechtes dabei zu denken, stand man »bis zur Vergasung« beim Fleischer an.

Es schien, als gehöre für sie diese Vergangenheit zum Leben nicht mit dazu. Die Gegenwart kostete genug Kraft. Warum sich in einer Diktatur mit einer anderen Diktatur befassen, wenn man sich nicht mal mit der hiesigen Diktatur befasste, man so dahinlebte, weil alles irgendwie gut ging und kein Befreier vom Horizont herüberdröhnte?
Die durch Krieg und Flucht in der Jugend traumatisierte Generation war keine große Hilfe, um die Abkühlung jener Köpfe auf dem Schulhof zu verhindern. Auch wenn sie sogenannte Zeitzeugen waren beziehungsweise sind.

Meine Generation zeugt von der darauffolgenden Diktatur. Sie zeugt in erster Linie schriftlich. Es gibt ein Übermaß an intellektueller Auseinandersetzung mit dem Stoff, an Publikationen, Sendungen, die sich sowohl mit der ersten als auch mit der zweiten Diktatur befassen. Interessierte lesen es, fühlen sich auf der richtigen Seite und erfahren noch das ein oder andere markante Detail.

KAPITEL 2

Am Weihnachtsabend 1990 saßen Klemens und sein Vater in der Küche und tranken Bier. Gegessen hatten sie. Jeder einen halben Broiler mit Pommes frites. Auf dem Tisch stand ein Adventskranz. Der Vater zündete die Kerzen an und schaltete das Licht aus. Nachdem er Klemens eine Zigarette angeboten hatte, suchte er im Radio nach passender Musik, fand aber keine, setzte sich zurecht und verkündete zwar berlinernd, aber feierlich, dass sie gleich Anfang des neuen Jahres umzögen, so ginge es nicht weiter, sie müssten sich verändern. Er könne in Mecklenburg-Vorpommern bei einer Wachschutzfirma anfangen. Das Problem mit der Wohnung sei auch geklärt: Wieder Neubau, gleicher Grundriss, besser ginge es nicht, die Möbel könnten wieder genauso stehen. Eine Rede dieser Länge hatte er vor Klemens noch nie gehalten. Er fand sie gelungen und hob lächelnd das Bier zum Anstoßen.
Versteinert starrte Klemens auf die vor ihm schwebende Bierflasche, rührte seine nicht an und flüsterte schließlich: »Das ist dein Ernst?«
»Na, wenn du nicht willst«, sagte der Vater und trank so lange, dass sich Klemens entspannen konnte. Hing es von seinem Willen ab, blieben sie hier. Doch des Vaters Satz hatte sich auf das Anstoßen bezogen. Der Umzug sei beschlossene Sache. Anfang Januar zögen sie um. »Aber das Beste«, der Vater strahlte wie ein Kind vor der Bescherung, »ich hab jemand kennengelernt.«

Klemens sprang auf, warf die Bierflasche ins Spülbecken, stieß den Stuhl um, wollte die Tür aufreißen. Sein Vater hielt ihn am Arm fest und versuchte, ihm eine Ohrfeige zu geben. Klemens wich aus, wollte sich losreißen.

»Solange du noch nicht volljährig bist, machst du, was ich dir sage!«, brüllte der Vater. »Und dann kannst du von mir aus machen, was du willst!«

Klemens sah sich im verzerrten Gesicht seines Vaters, wollte nur raus hier. Der Vater ließ ihn los, machte Licht, blies die Kerzen aus und verzog sich ins Wohnzimmer.

Wer jetzt auf die Straße ging, trug entweder einen Beutel mit Geschenken oder hatte Probleme. Klemens rannte zur Bushaltestelle. Da war niemand. Er rannte zurück, klingelte bei Enrico. Der sagte über die Gegensprechanlage, er müsse noch eine Stunde bei seiner Mutter bleiben, die habe ihm zehn D-Mark geschenkt.

Klemens wusste nicht wohin mit seinen Flüchen, er sah die Weihnachtsbäume hinter den Fenstern und hätte der heilen Welt am liebsten eine in die Fresse gehauen, doch da waren nur Beton und Autos, woran er seine traurige Wut hätte stillen können.

—

Die Gesellschaft formiert sich gerade neu gegen Extremismus und Terrorismus von Rechts. Wenn auch vorerst virtuell. Bundesweit werden Dateien über Neonazis miteinander vernetzt. Die Suchmaschinen listen Aktionsbündnisse gegen Rechts auf. Beim Googeln fällt mir ein Untertitel ins Auge: »Den Rechtsextremen einen Sitz abjagen.« Sozusagen Weidmannsheil gegen Heil Hitler. »Alle Fraktionen im Landtag von Meckpomm haben sich gegen die NPD verbündet.« Na, wenn das nichts wird, denke ich bei mir und klicke. Och! Die Jagd ist missglückt! Auch nach der Nachwahl auf Rügen ist die NPD mit fünf Sitzen vertreten. Und warum? Weil nur vierzig Prozent der Rügener Bevölkerung hingegangen sind? Sympathisieren die verbleibenden sechzig Prozent etwa mit den Rechtsextremen? Sech, wou du heest, Rüganer! Nach einigen Klicks, ich kann gar nicht genau sagen, wie vielen (kost ja nüschd), lande ich bei der Band Kraftschlag. *Kraftschlag* hat man mich auch schon mal genannt: in Verballhornung meines Familiennamens. Also noch 'n Klick. Versehentlich hatte ich die an den Rechner angeschlossene wattreiche Musikanlage ziemlich laut aufgedreht und beim Googeln vergessen, dass sie noch angeschaltet ist. Eine rhythmisierte Kreissäge schnitt mir in die Ohren. Während der Schrecksekunde fand ich den Lautstärkeregler nicht.

Gnade der frühen Geburt. Anfang der Siebziger war Black Sabbath das Härteste, eine englische Band aus Birmingham, die in ihren Anfangszeiten gegenüber einem Horrorkino geprobt hat. Dem Bandleader sei dabei die Idee gekommen, eine Musik zu schaffen, bei der sich die Hörer fürchteten. Nicht zufällig hat die Band das Mano cornuto, das Handzeichen mit dem aufgestellten Zeige- und kleinen Finger, zu ihrem Logo erklärt.

Dass sich in der Musik das Gute, Wahre und Schöne zeigt, mag für die Freizeitinteressen der Bildungsbürger noch von Bedeutung sein, allein in der Musik eines nicht unerheblichen Teils kommender Wahlberechtigter hat sich das Böse verkrochen und strahlt aus den Boxen ins Astralien des Hörers, in das Astralien der Hörerin. Ich weiß schon, warum ich mich nie zu solchen Events begebe. Geladen ginge ich nach Hause, bräche auf dem Weg Zaunlatten ab und brüllte in die Nachtruhe Parolen. Wäre ich noch fünfzehn. Gott sei Dank gab es damals noch nicht mal Black Sabbath. Black Sabbath kam erst in die Hitparaden, da war ich schon siebzehn und weitgehend geprägt von den Stones. Die hatten zwar auch Sympathie mit dem Teufel, aber damals war sie noch melodiöser. Die Melodie fügt zusammen, was der Rhythmus teilt. Heute rasen die Zähne der Kreissäge übers Trommelfell der noch Minderjährigen und entsprechen deren notwendigem Input an Lebensfreude.

Meistens hat der Sänger selbst den Text gemacht. Der kommt dann so richtig überzeugend rüber, so richtig gebrüllt. Ein Sänger, der nicht singt, sondern brüllt – den nennt der Sän-

ger in mir einen bösen Sänger. Liebt der denn die Melodie überhaupt nicht? Will der nur zerhacken?
»Die Kraft, die Deutschland sauber macht! Für Deutschland!« Eine Zeile der Nazi-Band Störkraft, vom Anfang der Neunziger. Kraft scheint dem Bösen so wichtig zu sein, dass es sie im Namen vor sich herträgt. Um etwas dahinter zu verbergen? Man stelle der Band den Strom ab. Schon schlüge das Schlagzeug alles zu Brei. Nur das skandierte »Für Deutschland! Sieg Heil!« aus dem Hexenkessel vor der Bühne würde dem Ganzen noch einen Sinn geben. Schließlich hätte sich der Schlagzeuger nach dem Rhythmus des Gebrülls auszurichten. Wäre die Szene ohne Geschichtshintergrund anzuschauen, zeigte sich ein starker Hang zu absurder Lächerlichkeit. Langsam verebbte das Gebrüll, wiche dumpfem Murren. Der Schlagzeuger versuchte mit einem Solo das Ruder herumzureißen, flöhe schließlich von der Bühne wegen fliegender Objekte. Ein Unverzagter im Publikum schwenkte weiter seine Hakenkreuzfahne unterhalb der Gürtellinie. Er hatte sie am Security vorbei in den Saal geschmuggelt. Schnell käme das Gerücht auf, Zecken hätten den Stromausfall verursacht. (Zecken: Linksextreme, Langhaarige und andere, die dem Deutschnationalen lästig sind.) Die Kraft, die Deutschland sauber macht, ginge auf dem Heimweg ihrer Bestimmung nach, hinterließe Schwerverletzte oder gäbe erst dann Ruhe, wenn die Zecken beseitigt wären.

Auch ohne Stromausfall versetzt der Anlass die Beteiligten in eine Spannung, die darauf aus ist, den Gesellschaftsvertrag über die friedliche Koexistenz zu brechen.

»Schlechte Zeiten für den Abschaum im Land.«

Wie hat man sich den Songtextschreiber vorzustellen, der diese Zeile zustande brachte? Was ist für ihn Abschaum und warum? Wie ist er zu seiner Ansicht gelangt? Und was hat ihn bewogen, diese Ansicht schriftlich zu formulieren?

Unterstellte man ihm gute Absichten, wäre das außergewöhnliche Interesse an öffentlicher Sauberkeit hervorzuheben, die große Verantwortung für das Heimatland, das es ja davor zu behüten gilt, was im Allgemeinen unter Abschaum verstanden wird. Nicht nur die Neonazis wenden *Abschaum* auf Menschen an. In der ersten Diktatur hat das Wort diese »allgemeine« Bedeutung erlangt. Es wurde auf Juden angewendet, auf Kranke, auf Homosexuelle, Kriminelle, Andersdenkende.

Im fünfzehnten Jahrhundert hat man es zum ersten Mal gebraucht: für den unreinen Schaum, der beim Sieden oder Schmelzen entsteht. Es ist ein Handwerkerwort aus der Materialveredelung.

Der Mensch muss erst objektiviert werden, bevor sich *Abschaum* auf ihn anwenden lässt. Hat der Songtextschreiber diese Objektivierung aus eigener Denkleistung zuwege gebracht? Er war jung, Anfang zwanzig. Oder hat ihm das Böse dabei Pate gestanden: mit einfachen Lösungen, mit Schuldzuweisungen und mit dem Auftrag, die Schuldigen als Material zu behandeln?

Fragt man den Schöpfer der missratenen Zeile, wer der Abschaum sei, antwortet er: »Die Scheinasylanten.«

Man muss sich zwingen, ihn nicht als ein Objekt zu sehen, als Schaum, der sich vom Abschaum durch einen höheren Reinheitsgrad unterscheiden will. In der riesigen Wanne. Wo die Gesellschaft geschmolzen wird.

Der gewalttätige Wille des Schaums nährt sich von der Lüge, es gäbe außerhalb des Gesellschaftsvertrags eine Möglichkeit, das Gemeinwesen umzugestalten. Um im Bild zu bleiben: Der Schaum bildet sich ein, Einfluss auf die Veredelung des Stoffes im Schmelztiegel nehmen zu können. Der Größenwahn des Sprachrohrs einer Idee gehört zu den unschönen Dingen der Kulturgeschichte. Seit es elektronische Verstärkung gibt, ist er von der Weltbühne nicht mehr wegzudenken. Die suchende Jugend ist besonders empfänglich dafür.

Ich musste nicht lange suchen. Zu mir kamen die Weltbildmaler mit der Idee vom besseren Sozialismus. Da ich schon leidlich Gitarre spielte, stand ich als Siebzehnjähriger in einem sogenannten FDJ-Singeklub auf der Bühne und sang von freudig gewonnenem Neuland. Unsere Zuhörer und Zuhörerinnen trugen blaue Hemden beziehungsweise Blusen und sangen, manchmal zwei- bis dreistimmig, mit. Ging man von einem solchen Anlass nach Hause, brauchte sich kein Passant zu ängstigen.

Man muss die Jugend auf ihrer Suche mit solchen Ideen abfangen, die den Gesellschaftsvertrag unterstützen. Das stellen die Diktaturen geschickter an als die Demokratien, obwohl es der Demokratie an guten Ideen eigentlich viel weniger mangeln dürfte. Problematisch wird es, wenn sich die Idee von der reinen Geld- und Konsumgesellschaft so breit gemacht hat, dass die Räume für geträumte Veränderungen verstellt sind. Der Traum zieht sich in Nischen zurück, wo die Ideologien mit ihren Heilsversprechen lauern.

—

Eine Glatze macht noch keinen Nazi, wird aber oft für einen gehalten. Klemens wurde schon am zweiten Tag in seiner neuen Schule, die ebenfalls gerade einen neuen Namen bekommen hatte, von einer Glatze angesprochen, wieder während der Hofpause, wieder war es kalt.

»Ich bin Tim. Denkst du deutsch? Hörst du deutsche Musik?«

Es klang wie der Kontaktversuch mit einer benachbarten Gefängniszelle. Klemens bejahte vorsichtshalber. Obwohl er selber Glatze hatte, waren ihm kahle kalte Köpfe als Gruppe nicht geheuer. Er war genauso distanziert, wie sich andere seit seiner Glatze von ihm distanzierten. Aber dann schlenderte noch ein zweiter zu ihm hin und rief anerkennend schon

Meter, bevor er ihn erreichte: »Du denkst deutsch, das sieht man dir an! Ich bin Maik!«
Hier sei vermerkt, dass Klemens dunkelbraune Augen hat. Auch trug er keine Symbole an der Kleidung. Offenbar sahen die einheimischen Glatzköpfe dem fremden Glatzkopf an, dass er zu niemandem gehörte. Klemens stellte sich die verbleibende Pause dazu. Jeder Einzelne begrüßte ihn mit Handschlag und Namensnennung. Mit seiner neuen Schulklasse war ihm das nicht passiert. Widerwillig hatte ihn der Lehrer in der ersten Stunde aufgerufen und gesagt: »Das ist der Neue.«
Die Köpfe hatten sich Klemens und Enrico zum Abschied frisch rasiert. Das war der letzte Freundschaftsdienst, den sich die Beiden erweisen konnten.
Zur nächsten Hofpause stellte er sich ungefragt in die Runde. Tim hatte nicht vergessen, dass er Klemens eine Tonbandkassette mit deutscher Musik versprochen hatte.
»Aber das ist *richtig* deutsche Musik. Von Deutschen, für Deutsche. Du bist kein Ausländer. Du verstehst deutsche Musik.«
Mehr Zuspruch hatte Klemens außer von Enrico seit Jahren nicht bekommen, seit ihn sein Vater aus dem Heim geholt hatte. Damals war dessen Interesse an seinem Sohn schon nach ein paar Monaten erlahmt.
Der frischgebackene Wachschutzmann hatte gleich die erste Woche Nachtschicht und schlief noch im Wohnzimmer, als Klemens von der Schule kam. Der schmiss die Schultasche in

den Korridor und ging in sein Zimmer. Auf der Kassette stand handschriftlich: »Für Deutschland, Störkraft in Sachsen. Live.« Heavy Metal hatten Klemens und Enrico im Wohngemeinschaftsraum oft gehört, Iron Maiden, Megadeth, Slayers und so was. Aber sie hatten die Texte nicht verstanden. Was Klemens nun zu hören bekam, war, wie er selber sagt: »Die absolute Härte.«

—

Ich frage, ob er sich deutscher gefühlt habe beim Hören?
»Klar hab ich mich deutscher gefühlt. Ich hab mich überhaupt erst mal als wenigstens etwas gefühlt.«

—

Er hatte das Gerät voll aufgedreht. Ein Lied hörte er sich immer wieder an. Es handelte von einem Kampfhund. Die Tür wurde aufgerissen. Sein Vater brüllte etwas herein. Klemens trat die Tür wieder zu. Das hatte er sich noch nie getraut. Die Tür schlug gegen den Vater. Aber der Vater wollte nicht kämpfen. Er schraubte die Stromsicherung heraus, schob sie unters Kopfkissen und schlief weiter.
Das Gerät funktionierte auch mit Batterien, die waren leer. Aus dem väterlichen Portemonnaie entnahm Klemens den einzig vorhandenen Schein, fünfzig D-Mark, und verließ mit Kassettenrekorder unterm Arm die Wohnung. Er wollte das Lied mit dem Kampfhund hören. Das ließ er sich vom Vater nicht verbieten.

Mit Sixpack, Zigaretten und neuen Batterien saß er an der Bushaltestelle, diesmal führte eine Fernstraße daran vorbei, Berufsverkehr, schon dunkel. Laut sang der Kampfhund: »Schlechte Zeiten für den Abschaum im Land!« Klemens war deutsch, er gehörte nicht zum Abschaum, auch wenn ihn sein Vater schon so genannt hatte. Aber eine richtige Vorstellung davon, wer, wenn nicht er, zum Abschaum gehörte, hatte er nicht. Die Mutter und das kleine Kind, die zur Bushaltestelle gehen wollten, aber zwanzig Meter davor stehenblieben, gehörten nicht dazu, der Busfahrer auch nicht... aber die beiden Glatzköpfe in zerrissenen Jeansjacken mit aufgenähtem roten Stern, die aus dem Bus stiegen: die vielleicht noch am ehesten. Aber wesentlich anders als Klemens selber sahen die auch nicht aus, nur etwas älter. Und wahrscheinlich waren sie sogar deutsch.

Der eine fragte Klemens nach Feuer, der andere drückte auf die Stopptaste und sagte ganz ruhig: »Wenn du hier nicht sofort abhaust, bist du tot.« Der eine zog einen Schlagring aus der Jackentasche, der andere ein Messer. »Abliefern!«, sagte der, wieder ganz ruhig und griff nach dem Rekorder.

Hätte Klemens Angst gehabt, wäre er ohne Gerät und Geld nach Hause gegangen. Aber der Kampfhund bellte in ihm. In der rechten Hand hielt er die Bierflasche, seine linke sicherte den Rekorder. Mit einem Ruck stand er auf, stieß dem, der Hand an den Rekorder legte, das Knie in den Schritt. Gleichzeitig schüttete er dem anderen Bier ins Gesicht und traf mit dem Flaschenhals dessen Schneidezähne, was nicht in seiner Absicht lag. Er wollte nur fliehen und musste dazu eine kurze, aber heftige Unruhe stiften. Im Kinderheim hatte er gelernt, wie das ging. Der mit dem Messer krümmte sich vor Schmerz, der mit dem Schlagring riss im Fall den Arm nach oben und traf Klemens am Hinterkopf.

Kaum war Klemens außer Gefahr, ärgerte er sich darüber, vier Flaschen Bier eingebüßt zu haben. Die Schmisse am Hinterkopf brannten in der Kälte wie Feuer. Es störte ihn nicht. Zwei Größeren hatte er es gezeigt. Der Schmerz bewies, dass es wirklich war. Aber er verstand nicht, warum ihn die Beiden abziehen wollten. Er wusste noch nicht, dass Glatze nicht gleich Glatze war.

Im Supermarkt kaufte er Bier. An der Kasse stand niemand hinter ihm. Die Leute stellten sich bei der andere Kasse an, obwohl deren Schlange länger war. Der Mann vor ihm rückte so nah es ging zu seinem Vordermann auf. Klemens schaltete den Rekorder auf Supermarktlautstärke und grinste in die Runde. Alle wichen dem Blick des Vierzehnjährigen aus. Der hätte das Bier einfach hinaustragen können, ohne dass er daran gehindert worden wäre. Aber er hatte ja Geld dabei und empfand sich ausnahmsweise mal am passenden Ort. Die Leute hatten Angst vor ihm. Glatzen verstanden keinen Spaß, blutige schon gar nicht. Auch die Kassiererin traute sich

nicht, ihn anzusehen. Dabei hätte sie seine Oma sein können. Mit dem Portemonnaie in den Händen empfing ihn sein Vater an der Wohnungstür und brüllte: »Wenn du jetzt auch noch anfängst mich zu beklauen, kommst du wieder ins Heim.«
Klemens stellte den Rekorder auf den Fußboden, zog das beträchtliche Restgeld aus der Hosentasche. Sein Vater riss es ihm aus der Hand, zählte nach, sagte erleichtert, dass es sich mit dem Taschengeld erst einmal erledigt hätte. Als Klemens sich zum Rekorder bückte, sah der Vater das Blut am Hinterkopf seines Sohnes. Zufrieden sagte er: »Da hast du ja deine Abreibung schon bekommen.«

—

Ein Zweijähriger fällt auf dem Spielplatz von der Rutsche mit dem Kopf auf die Bretter, die Mutter verzieht das Gesicht, als würde sie den Schmerz selbst empfinden. Sie nimmt ihn hoch, sagt: »Was baumelst du auch daran rum?«, und trägt ihn zum Kinderwagen.
Er sagt: »Kinderwagen – Heia machen. Rutsche.«
»Wenn du daran rumbaumelst, kannst du nicht rutschen. Du hast doch schon wieder eingepullert.«
»Ich nicht einpullert.«
»Na klar hast du!«
Er sitzt angeschnallt im Kinderwagen, drückt die Augen zu, als wollte er das Eingepullert-Haben damit wettmachen. Ohne den Sturz hätte sie ihn nicht so schnell einsammeln kön-

nen. Sie sind sowieso schon die letzten auf dem Spielplatz. Doch wäre die Frau aus einem halben Meter auf den Kopf gefallen, hätte sie es sich verbeten, keine Minute später heruntergemacht zu werden. Das Kleinkind hingegen ist den Unverschämtheiten der Nächsten wehrlos ausgesetzt.

Welche Mutter verneinte die Frage, ob sie ihr Kind liebt, welcher Vater sagte: Ich liebe mein Kind nicht? Begegnet man ihnen in der Öffentlichkeit, möchte man sie an die Liebe zum Kind erinnern, die ihren Ausdruck in den Gesten findet, in der Mimik. Es lässt sich im Gesicht ablesen, ob das Elternteil in Liebe mit dem Spross verbunden ist. Selbst die Sprache kann in ihrem Klang Ausdruck von Liebe sein. Viel wichtiger als der Sinn der Rede ist dem Kinde, wie sie klingt.

Marvin war drei, als er fragte: »Papa, warum klingst du so?« Ich hatte den Kopf voll, er hat nicht gemacht, was er sollte, da klang ich so. Es tat mir leid, ich bat um Entschuldigung. Er sagte: »Sag doch einfach, was ich falsch mache. Ohne zu schimpfen.« Listigerweise wusste er genau, was er falsch gemacht hatte. Doch seine Forderung nach dem richtigen Klang ist allgemeingültig. Irgendwann hatte Marvin die Menschen eingeteilt in jene, die schimpfen, und jene, die nicht schimpfen. Es war die erste Einteilung, die er zwischen den Menschen vorgenommen hatte. Ich gehörte zu den Nichtschimpfern. Da durfte ich nicht plötzlich zu schimpfen anfangen. Ich hatte für ihn eine Grenze überschritten, die er als sinnvoll erkannt und gezogen hat: die Grenze zwischen Befehl und zugewandtem Klang.

—

Mit dem Hinweis, Klemens sei erst vierzehn, nahm ihm sein Vater das Bier ab, stellte es ins Wohnzimmer, verschloss die Tür, steckte den Schlüssel ein und ging zur Nachtschicht. Doch Klemens brauchte keinen Alkohol für seine Siegesfeier. Er brauchte nur das Lied und empfand zum ersten Mal, dass er sich auf die Schule freute, weil dort seine Kumpels waren. Wohlgemerkt nicht nur einer, sondern viele. Und zusammen waren sie stark. Er war schon alleine stark. Gute Zeiten für den Kampfhund im Land. Dessen Rhythmus dröhnte im Treppenhaus. Klemens sprang in seinem Zimmer umher, schmiss sich auf die Matratze und brüllte: »Wird es dunkel und die Nacht bricht heran, leint er seinen Kampfhund an. Gemeinsam gehen sie dann auf die Jagd und vernichten zusammen den dunklen Pfad.« Klemens fragte sich, was mit *dunklen Pfad* gemeint sei, hielt es aber für möglich, den Text falsch zu verstehen. Er wollte Tim fragen. Am nächsten Tag sähen sie sich ja schon wieder.

»Kampfhund, Bestie aus Fleisch und Blut! Kämpfend! Fürchte dich und sei auf der Hut!«

Der Refrain konnte nicht falsch verstanden werden. Doch wer das war, der sich zu fürchten und auf der Hut zu sein hatte, wusste Klemens nicht genau, auf alle Fälle die beiden Glatzen an der Bushaltestelle.

Er wusch sich im Badezimmer den Kopf. Nicht ohne Bewunderung betrachtete er die Schmisse unter Zuhilfenahme eines zweiten Spiegels. Es sah aus, als hätten ihn die Krallen eines großen Tieres gestreift.

Nachts träumte er von Sandra und erwachte jäh, als er sich im Schlaf auf den Rücken drehte.

Zur Schule musste Klemens mit dem Bus in eine andere Satellitenstadt der ehemaligen DDR-Bezirksstadt fahren. In der hiesigen hatte er mitten im Schuljahr keinen Patz mehr bekommen. Nun konnte er, seiner neuen Feinde wegen, diesen Umstand nicht genug schätzen. Wäre er mit denen in dieselbe Schule gegangen, hätte er entweder äußerst wachsam sein müssen oder einen guten Grund gehabt, nicht zur Schule zu gehen. Gutgelaunt saß er im Bus. Von außen war ihm das nicht anzusehen. Er hatte sich einen abschreckenden Gesichtsausdruck zugelegt: leicht vorgeschobene Unterlippe, Mundwinkel nach unten, stierer Blick. Obwohl einige Fahrgäste standen, blieb der Platz neben ihm leer.

In der ersten Stunde hatte er Musik, saß ganz hinten und versuchte zu schlafen. Die Feier hatte ihn bis weit nach Mitternacht beansprucht. Doch seine Mitschüler klatschten irgendwelche Rhythmen nach, die der Lehrer am Klavier vorgab. An Schlaf war nicht zu denken. Und so dachte Klemens an die Hofpause und klatschte ab und zu den sturen Rhythmus vom Kampfhund dazwischen. Der klopfte ihm noch in den Schläfen.

Für die nächsten beiden Sportstunden entschuldigte er sich mit Kopfschmerzen, verzog sich in den Umkleideraum und schlief, bis es endlich zur Hofpause klingelte.

Tim begrüßte Klemens, wie in der Runde üblich, mit Handschlag und fragte gleich nach der Blessur. Als Klemens seine Geschichte erzählte, hörten alle zu und sparten nicht mit anerkennenden Kommentaren. Der allgemeine Tenor war, dass er Glück gehabt habe, weil nicht mehr von denen aus dem Bus gestiegen seien.

Maik klärte ihn auf: »Du wohnst mitten im Zeckennest. Und jetzt hast du dich gleich so richtig beliebt gemacht. Wenn die deine Adresse rauskriegen, bist du angearscht.«

Aber Klemens wusste noch nicht, was Zecken zu Zecken machte. Die Glatze konnte es wohl kaum sein. Dass des Rätsels Lösung genau darunter lag, ahnte er zwar, hatte aber noch nicht den Schlüssel dafür, das Wort, wodurch sich alles erklärte. Keiner in der Runde gebrauchte es. *Redskins.* So bezeichneten sich die Anhänger jener Geisteshaltung selber. Für die Nazis waren es Zecken.

—

Es ist logisch, dass sich antagonistische Geisteshaltungen in den unterschiedlichen Satellitenstädten separieren. Propaganda funktioniert immer noch am überzeugendsten von Mund zu Mund. Was der Mund ausspricht, sollte dem Kopf wenigstens in den Grundzügen plausibel sein. Diese Grundzüge lassen sich im vorliegenden Falle (und nicht nur in diesem) zu schwarz und weiß zusammenfassen. Auf liebende Väter konnte in keinem der Lager zurückgegriffen werden, nicht in dem der Neonazis, nicht in dem der Redskins, die sich als Gegenkraft zu den Neonazis verstehen, während der Gegnerbegriff bei den Neonazis umfassender ist. Beide Lager gäbe es nicht ohne die Gewaltbereitschaft junger Männer in einer Gesellschaft, der es nicht gelingt, sich die Gewaltbereitschaft junger Männer nützlich zu machen.

Die freie Marktwirtschaft ist dem extrem gesonnenen Kraftprotz kein erstrebenswertes Ziel, nicht die Geldwirtschaft, nicht die multikulturelle Gesellschaft, keineswegs die Demokratie. Viel mehr heißt es, auf derlei Schwächungen der Volksseele den Kampfhund zu hetzen. Vermittels dem »Lied« und immer im Bunde mit Größenwahn, dem Feder-Führer der Idee nicht nur beim Kampfhund-Schreiben, wird das Gedankengut dem aufgeheizten, im Allerlei schweifenden gewaltbereiten jungen Manne überantwortet, auf dass dieser das Beste daraus machen möge.

»Du kannst nicht verhindern, dass ein Vogelschwarm über deinen Kopf hinweg fliegt, aber du kannst verhindern, dass er in deinen Haaren nistet.«

Diesem schönen Gleichnis Martin Luthers wird man nicht gerecht, indem man sich die Kopfhaut rasiert. Je weniger die Jugend *im* Kopf auf die anfliegenden Ideen vorbereitet ist, desto anfälliger ist sie für die erste beste, die sich im Oberstübchen ihr Nest baut und allmählich möbliert: in der einen Satellitenstadt extrem braun, in der anderen extrem rot.

—

»Soll ich dir mal was sagen?«

(Klemens wusste genau, dass er dies sollte. Deswegen saßen wir in einem Neuköllner Café.)

Er sagte: »Das war meine beste Zeit.«

Ich fragte: »Insgesamt oder nur auf die Jugend bezogen?«

»Insgesamt.«

»Aber mit dem ganzen Mist im Kopp?«

»Hat nicht so die Rolle gespielt. Das hast du mitgemacht, weil es dazugehörte. In erster Linie warst du nicht allein. Das war am wichtigsten. Weißt du, wie beschissen es ist, allein zu sein?«

»Ja.«

»Und?«

»Immer noch besser als unter ’ner Lüge mit jemandem zusammen.«

»Aber wenn du vierzehn bist, interessiert dich das doch gar nicht. Da ist was los, da musst du nicht alleine rumsitzen. Und es ist alles ganz einfach. Die Zecken waren die andere Bande.« Es sei schon immer so gewesen, dass sich Jugendbanden Schlachten lieferten. »Genauso wie zwischen Hooligans und Punks. Da muss was abgehen. Du bist so, wenn du jung bist.«

»Ich nicht.«

»Du bist ja auch schon älter.«

»Nein, damals als ich vierzehn war.«

»Da hattest du noch richtig DDR.«

Der Anteil des sogenannten nazistischen Gedankenguts an den Motiven Jugendlicher, Nazi zu sein, würde, laut Klemens, weit überschätzt. Viel mehr als die Idee gelte die Gemeinschaft im Protest gegen die allgemeine Verlogenheit, für den man keine eigenen Worte habe. Dafür seien die Parolen da und die Symbole. Mehr als mit einem aufgemalten Hakenkreuz in der Öffentlichkeit sei die deutsche Gesellschaft nicht zu schockieren. Man setze ein Zeichen und bekomme dafür höchste Aufmerksamkeit.

»Nachts haben wir den Zecken Hakenkreuze und SS-Runen an den Jugendklub gesprüht, 'ne Holzbaracke, die wir eigentlich anstecken wollten. Aber sie hat nicht gebrannt. Zu feucht.«

—

Klemens' Abenteuer mit den beiden Skinheads brachte frischen Wind in die Szene. Er war einer von den Nazis, die Nazis waren ein Bund in guten wie in schlechten Zeiten. Die Skinheads wollten Klemens abziehen, also konnten sie sich eine Pfeife anzünden.

»Geduld, verratene Brüder! Schon wanket Judas Thron!« Maik rief den Spruch in die Runde. Er kannte ihn von seinem Großvater. Der hatte ihn immer vor dem Mittagessen rezitiert, wie ein Tischgebet. Der Großvater war tot, der Spruch lebte weiter. Maik konnte ihn sogar erklären. Die Erklärung hatte ihm allerdings nicht sein Großvater geliefert, sondern Tomas, der Gauleiter: »Den Juden ihr König heißt Judas. Und der sitzt auf sei'm Thron. Und die Brüder sind von den Juden verraten worden. Die soll'n noch bisschen Geduld haben und dann den Thron umhau'n.« Maik hob den rechten Arm und rief: »Jetzt is' vorbei!«

Tomas, den Gauleiter, traf Maik freitags beim Training im neugegründeten Schützenverein. Er wusste auch, warum Tomas Gauleiter war: Die Reichsführung hatte ihn eingesetzt. Er war für Propaganda zuständig. Was Maik an ideologischem Rüstzeug aufbieten konnte, hatte ihm Tomas beigebracht: Dass die Deutschen wieder Zucht und Ordnung brauchten und dass Deutschland unter Hitler am saubersten war, dass Demokratie Judenherrschaft sei und dass der deutsche Mann ehrlicher sei als alle anderen Rassen zusammengenommen.

Deutschland brauche sich nicht zu wundern, wenn es immer schwächer würde: die Millionen Ausländer, die Deutschland durchfüttere, vor allem die Scheinasylanten und die Juden, die sich mit ihrem Geld überall breitmachten, und die Türken, Neger und Fidschis.
»Hätten wir den Zweiten Weltkrieg damals gewonnen, wäre Deutschland heute nicht so ein Zeckennest«, sagte Maik ohne den geringsten Zweifel daran, dass Deutschland noch zum Sieg zu führen sei. Das hatte er verstanden. Darum ging es. Der Endsieg sei Auftrag für jeden Deutschen, der sich deutsch fühle. Und zu kehren beginne man bekanntlich vor der eigenen Haustür.

Vor Klemens' Haustür warteten, wenige Tage nach den Schmierereien am Jugendklub, fünf Zecken auf ihn. Sie hatten sich unter der Straßenlaterne postiert, sonst hätte er sie nicht rechtzeitig wahrgenommen. Schon im Bus setzte er sich nun eine Bommelmütze auf. Tim hatte ihm zu der Tarnung geraten. Auf Dauer müsste er sowieso raus aus Feindesland, aber vorher gebe es noch ein Massaker.
Jetzt schien es, als sollte Klemens das Opfer sein. Seine Gegner hatten ihn bemerkt. Er warf die Schultasche hinter eine Hecke und rannte zurück, Richtung Fernstraße. Von dort wollte er ins Zentrum, zum Bahnhof. Wenn er einen von seiner Clique träfe, dann dort. Als er weit genug weg war von

seinem Viertel, nahm er die Mütze vom Kopf und spürte Januar und Kraft und keine Angst wie damals nach dem Kinderheim, als er zu seinem Vater in die Satellitenstadt Ost-Berlins gezogen war.

Er hatte Glück. Vor dem Bahnhof stand Harald, der Hüne, der nie ein Wort sagte, außer zur Begrüßung »Sieg Heil«. Dabei betonte er das erste Wort, als würde er »Grüß dich!« sagen.

»Noch jemand da?«

Harald deutete mit dem Kopf zur Eingangstür. In der Halle standen Tim und Werner, der eigentlich Sascha hieß. Der Gauleiter hatte ihn Werner genannt, weil ein Deutscher keinen bolschewistischen Namen tragen sollte. Doch er hieß erst seit Kurzem Werner, und so wurde er von der Clique mitunter auch Sascha genannt.

Klemens sagte: »Fast hätten sie mich erwischt.«

»War doch klar«, sagte Tim. »Du musst da weg.«

»Zeckenalarm!«, brüllte Werner so laut in den verhallten Bahnhof, dass die Wartenden ihre Köpfe senkten.

Die drei zogen auf den Bahnsteig um. Vielleicht stiege eine Zecke aus dem nächsten Zug.

Ohne Begleitung saß ein schwarzes Mädchen im Rollstuhl auf dem Bahnsteig und schien zu schlafen. Werner näherte sich ihr von hinten, schob sie langsam Richtung Bahnsteigkante. Klemens und Tim musterten ein Fidschipärchen, das um sich herum eine Unmenge Koffer aufgebaut hatte.

»Die schleppen Deutschland weg!«, sagte Tim.
Klemens dachte: ›Die ziehen um.‹
Ein Mädchen, um die zehn, rannte an ihnen vorbei. Es rief: »Was machst du denn da?«
Sie meinte Werner, blieb vor ihm stehen: »Was machst du denn da?«
Sofort nahm der seine Hände vom Rollstuhl, murmelte: »Ich?« und schlenderte in die Halle zurück, als wäre er es nicht gewesen.
Das schwarze Mädchen hatte gar nicht geschlafen. Es hatte aus Angst die Augen geschlossen. Ihre Retterin schob sie wieder in Sicherheit. Aus der Bahnhofshalle kam eine Ordensschwester auf den Bahnsteig und rief: »Was machst du denn da?«
Die Eltern des couragierten Mädchens wurden aufmerksam. Die Mutter redete auf den Vater ein, er solle doch mal hingehen. Der hatte ein Baby auf dem Arm: »Geh du doch.« Sie versuchte ihm das Baby wegzunehmen. Er hielt es fest und maulte: »Immer ich.«
Das Mädchen kam verärgert zu ihren Eltern zurück und wollte sich über die Ordensschwester beschweren, die sie mit der Bemerkung, sie sei noch zu klein, um den Rollstuhl zu beherrschen, weggeschickt hatte. Da sagte die Mutter: »Das nächste Mal fragst du vorher, wenn du zu anderen Leuten rennst.«
Der Zug fuhr ein. Klemens und Tim hatten keine Lust mehr

auf Action. Sie schlenderten vor die Bahnhofstür zu Harald. Der deutete, nach Werner befragt, mit dem Kopf ins Überall. Werner war nach Hause gegangen. Die Schlappe mit dem Mädchen hatte ihm die Laune verdorben.

In dieser Nacht schlief Klemens bei Tim auf der Luftmatratze zwischen den Betten von Tim und dessen Bruder, Gunnar, der eigentlich schon ausgezogen war, aber wegen Stress mit der Freundin wieder bei den Eltern wohnte.

Die Zimmermöblierung unterschied sich nicht von anderen Jugendzimmern der ehemaligen DDR, einzig die Dekoration war besonders. Zwischen den Fenstern hing eine große Hakenkreuzfahne: Schwarz auf Weiß auf Rot. An der Wand, über Tims Bett, klebten Fotos vom Führer: Hitler mit kleinem Mädchen, Hitler mit Wehrmacht, Hitler mit Hund, Hitler mit Aktentasche und Göbbels, Hitler im Profil und von hinten. Zwischen die Fotos hatte Tim *SS* und *SA* mit Edding auf die Tapete gemalt. Auf dem Kopfkissen lag ein Wehrmachtshelm.

Über Gunnars Bett hing ein Plakat mit der Aufschrift: *Der Jude.* Darüber saß eine Ratte mit Davidstern auf der Armbinde und knabberte an einem Hundertmarkschein. An Hakenkreuzen hatten die Bewohner nicht gespart. Selbst auf die Glühbirne an der Decke war ein Hakenkreuz gemalt.

Gunnar schenkte Klemens ein Plakat mit einem SS-Mann darauf, der stählern in die Weite blickte. Tim sagte: »Der sieht dir ähnlich.«

Klemens' Augenpartie ähnelte der des Soldaten. Er setzte den Stahlhelm auf, Tim und Gunnar riefen: »Sieg Heil!«
Als die Mutter der Brüder spätabends nach Hause kam, hörte sie schon im Treppenhaus die Bässe der deutschen Musik. Störkraft und Kraftschlag und eine Flasche Doppelkorn hatten den jungen Männern die Zeit vertrieben. Sie brüllte ins Zimmer. Klemens, nicht die Brüder, drehte den Krach leiser. Dass eine Frau in der Wohnung war, beunruhigte ihn.
Sie lagen auf dem Rücken und stierten ins Dunkel.
Gunnar sagte: »Der hat meine Jacke nicht gepasst.«
Klemens sagte: »Zu groß.«
»Wegen den Aufnähern«, sagte Tim.
»Die hat gewusst, dass ich Nazi bin«, sagte Gunnar, »das war von Anfang an klar. Am Anfang hat der das sogar gefallen. Aber dann auf einmal nicht mehr. Von wegen Meinungsfreiheit.« Stille. »Aber ich geb' doch wegen der nicht meine Kumpels auf.«
Tim sagte: »Würd' ich auch nicht machen.«
»Ich auch nicht«, sagte Klemens und fragte Tim, ob er eine Freundin hätte. Der war schon sechzehn.
»Ja, hatte, aber die war nicht treu.« Stille. »Eine deutsche Frau muss treu sein.«
Da sich Klemens noch nie mit jemandem darüber ausgetauscht hatte, wie eine Frau, geschweige denn eine deutsche, zu sein habe, pflichtete er ihm bei.
»Wir brauchen keine anderen Frauen«, sagte Tim.

Gunnar wollte sich nicht länger über das Thema unterhalten, sagte: »Nacht!« und drehte sich zur Wand.
Tim sagte, dass die Ausländer alle möglichen Geschlechtskrankheiten nach Deutschland einschleppten, Gunnar rief: »Schnauze!«
Klemens dachte an seinen Vater, ob der überhaupt mitbekäme, wenn er nicht zu Hause schliefe. Wahrscheinlich nicht vor dem nächsten Wochenende.
Die nächsten vier Nächte wohnte er bei Tim. Sie gingen zusammen zur Schule. Auf dem Schulweg trafen sie Maik und Harald.
»Sieg Heil!«
»Sieg Heil!«
»Sieg Heil!«
»*Sieg* Heil!«

Zecken gab es keine im Viertel und wenn, hätten sich unsere Glatzen zu wehren gewusst. Haralds Springerstiefel wirkten mit ihren Stahlkappen wie zwei Vorschlaghämmer. Messer hatten sie zu Hause gelassen. In der Schule wurde kontrolliert. Klemens hatte sich mit Edding *Kampfhund* auf den Jackenrücken geschrieben. Für die Vorderfront schenkte ihm Tim einen Aufnäher: *Deutschland den Deutschen.*
Eine Armeehose hatte ihm Tim ebenfalls geliehen. Wegen des Geldes für entsprechende Schuhe müsste er seinen Va-

ter fragen. Nach der Sache mit den fünfzig Mark dürfte das schwierig werden. Am Sonnabend Nachmittag würde er mit Begleitschutz nach Hause gehen. Doch für Freitagabend war er erst mal zum Schützenverein eingeladen und sonnabendmittags ginge es mit den anderen zum Wehrsport aufs Land in eine verlassene Russenkaserne.

Hätte Klemens sich eine Familie jemals als etwas Erstrebenswertes vorgestellt, wäre diese Vorstellung ähnlich seinem jetzigen Leben gewesen. Tim war gewissermaßen sein Bruder. Dessen Mutter hielt sich weitgehend zurück. Der Gesinnung ihrer Söhne stand sie ratlos bis ängstlich gegenüber. Mit dem Vater der Kinder konnte sie sich nicht beraten. Der hatte die Familie schon verlassen, da war Tim noch nicht geboren. Und seit die Söhne Neonazis waren, hatte er den Kontakt ganz abgebrochen. Am Telefon hatte er ihr zum Abschied die sogenannte Arschkarte zugeschoben: Es sei ihre Schuld - seine könne es nicht sein, schließlich sei er ja nicht dagewesen.

KAPITEL 3

Befasst man sich eindringlicher mit einem Thema, scheint sich die Welt darauf auszurichten. Als bilde sich eine neue Insel, an dessen jungfräulichen Strand nun Treibholz und Quallen angespült werden. Geschichten und Informationen zum Thema fließen einem zu, ohne dass man sich groß dafür anstrengen muss. Vielleicht ist immer alles im Äther, jede Einzelheit. Doch man kann nur empfangen, wofür man empfänglich ist.

Soweit man allerorten die Nase noch nicht voll hat vom Thema Neonazi, fällt in etwaigen Gesprächen über dieses für gewöhnlich das Wort *schrecklich.* Man nehme es als Ausdruck für etwas, das erschreckt, dem man sich nicht unbedingt nähern will, weil der Schrecken nach allgemeiner Ansicht wächst, je näher man dem, was ihn auslöst, kommt. Michael Ende hat mit Herrn Tur Tur, dem Scheinriesen, eine Figur geschaffen, die man, um den Dingen auf den Grund zu gehen, aus der Nähe betrachten muss. Mit zunehmender Annäherung an Herrn Tur Tur wird dieser kleiner. Als ihm Lukas, der Lokomotivführer, schließlich die Hand geben kann, sind beide auf Augenhöhe.
Doch nicht nur Schrecken, auch Ekel haftet dem Thema Neonazi an. Gerne wendet sich der Kulturbürger angeekelt ab, wenn das Thema anklingt. Gelegentlich wird darüber spekuliert, ob man die NPD verbieten solle oder nicht. Was ich denn dazu sagte?

Ich sage: Entweder wir bekennen uns zum Meinungspluralismus und zur parlamentarischen Demokratie oder nicht. Bei Zweitem hätte die Partei gar nicht erst zugelassen werden dürfen. Nun wird sie vom Volk gewählt. Schade. Man müsste den Extremismus jeder politischen Richtung verbieten. Doch wie, da die Gewalt anderen gegenüber bereits unter Strafe steht? Dann erzähle ich über Kindererziehung: Niemand fiele auf diesen überkommenen ideologischen Schwachsinn herein, hieße man den Menschen als Kind von Beginn an auf der Welt willkommen. Dann täte sich gar nicht erst der Abgrund zwischen Soll und Haben auf.

—

Als Fünfjähriger wurde ich nie danach gefragt, wie es mir gehe. Höchstens dann, wenn ich krank war. Warum sollte es mir sonst schlecht gehen? Ich musste weder hungern noch frieren. Auch Marvin muss dies nicht. Trotzdem wird er jeden Tag mehrere Male danach gefragt. Bis er gelernt hatte, dass man »gut« erwidert, damit der Fragende kein ratloses Gesicht macht, antwortete er nicht. Ein Neunmalkluger sagte daraufhin: »Antiautoritär erzogen.« Es war einer, dem man auf den ersten Blick gar nicht angesehen hat, wie eng sein Verständnis für den heranwachsenden Menschen gestrickt ist. Seiner Rede folgend hätte ich Marvin schon lange beigebracht haben müssen, was auf diese Frage zu antworten sei. Ich hätte ihm die Möglichkeit nehmen sollen, selbst herauszufinden,

was die Frage bedeuten soll und warum sie alle Nase lang gestellt wird.
Die Ausgangsposition eines Kindes für den Weg zum Sprachverständnis lässt sich mit der Ausgangsposition eines Ausländers vergleichen, der die Sprache des Gastlandes zu lernen beginnt.
Ein Äthiopier kam als Sechzehnjähriger nach Deutschland. »Wie geht es dir?«, gehörte zu den ersten Rätseln, die ihm die Gastsprache aufgegeben hatte. Er sah im Wörterbuch nach und dachte, es wolle ihn narren. Diese große Frage sollte von den Deutschen so lust- und teilnahmslos gestellt beziehungsweise beantwortet werden? In seiner Heimat war sie Grund genug, Tee zu kochen und sich zusammenzusetzen, weil die Antwort viel Zeit in Anspruch nehmen würde. Auch fragte man nur jemanden danach, den man gut kannte, dem man vertraut war. Die hiesige Sprachformel kann sich weder dem Gast aus Äthiopien noch dem neuen Erdengast selbstverständlich mitteilen, denn auch Zweiter sucht den Sinn in den Worten, glaubt, ihn gefunden zu haben, und wird enttäuscht.
Einmal war mir die Frage Marvin gegenüber herausgerutscht. Er antwortete: »Du musst doch wissen, wie es mir geht.«

—

Ein langgezogener neonbelichteter Keller, in dem es unaufhörlich knallte. Männer mit Lärmschutz-Kopfhörern und Pistolen. Schießscheiben in Menschenform aus Beständen der Stasi. Eigentlich hätten die Schützen auf beringte viereckige Scheiben schießen müssen, doch die waren nicht umsonst zu haben. Erst wollte man die alten verwenden. Mit ernster, entschlossener Miene zielten die Männer auf menschliche Umrisse. Einer von ihnen war Maik. Er war zwar erst vierzehn, doch nach den Satzungen des Schießsports durfte er in diesem Alter schon an der Feuerwaffe trainieren, wenn bestimmte Voraussetzungen erfüllt seien, zum Beispiel »die Gewährleistung einer besonderen Obhut«. Diese war durch Tomas, den Gauleiter, gegeben, der Maiks Entwicklung mit Genugtuung verfolgte. Nicht nur beim Schießen, auch bei der Propaganda war Maik ein guter Deutscher, der keine Fragen stellte, sondern ambitioniert nachplapperte.

Als Klemens und Tim in den Schützenvereinskeller eintraten, ging Maik zur Wartebank, auf der Tomas saß. Maik rief: »Ich hab die Zecken abgeknallt!«, nahm den Hörschutz ab und machte den Gauleiter mit Klemens bekannt. Tomas' Begrüßung ging in den Schüssen unter, Klemens brüllte: »Sieg Heil!« Er war in Hochstimmung. Noch nie hatte ihn jemand zu einem Verein mitgenommen, ganz zu schweigen von einem Verein, der richtige Knarren benutzte. Ein Kindertraum ging in Erfüllung, wenn auch nicht sofort. Tim hatte gesagt, dass man erst die Einwilligung des Sorgeberechtigten brauche. Die Obhut könne Tomas übernehmen, das mache er bei ihm, Tim, auch. Tomas habe eine Genehmigung, Jugendliche zu trainieren. Die hatte ihm diesmal nicht die Reichsführung erteilt, sondern das Amt für Sport.

Tomas trug eine modische Kurzhaarfrisur. Keinerlei Zeichen, die ihn einer extremen politischen Richtung verdächtig gemacht hätten. Er musterte den Neuen mit jenem Blick, welchen Klemens aus dem Kinderheim vom Einheizer Bändchen kannte. Klemens wollte sich neben Maik setzen, aber Tomas deutete mit dem Kopf auf seinen freien rechten Nebenplatz. Klemens gehorchte. Zum Sprechen war es zu laut. Sonst hätte er gestottert. Tomas legte die Hand auf Klemens' Oberschenkel und ließ sie solange dort, bis Klemens aufstand, seinen Schultergürtel lockerte und einige Tänzelschritte Richtung Ausgang unternahm. Am liebsten wäre er abgehauen. Aber wohin? Außerdem waren seine Kumpels hier. Er konnte nicht plötzlich kneifen. Die Obhut hatte Tomas ja nur für den Schießsport. Er setzte sich wieder hin, rief: »L . . . L . . . Lockerung«, und sah den Sportschützen zu, ihren kleinen, präzisen Bewegungen, von einem präzisen Kopf veranlasst, dessen Wirkungskreis bis zum anderen Ende des Kellers reichte und im Freien sogar noch weiter.

—

Ich selbst fühlte mich mächtiger, als ich jemals war, auch wenn es nur gegen ein Röhrchen im Schießstand des Rummelplatzes meiner Kindheit ging. Es steckte etwas Göttliches darin: Ich warf einen Blitz, die Papierblume fiel durch die ferne Krümmung meines Zeigefingers.

Der Mensch ahnt, wie weit er über sich hinaus greifen könnte, wenn man ihn nur ließe. Im Schießstand darf er wenigstens bis zur Kellerwand. Hunderttausenden mag dies ein profunder Grund sein, weshalb sie sich einem Schützenverein anschließen. Schon der Urmensch wusste sich mit Wurfgeschossen zur Wehr zu setzen. Wir sind schließlich keine Urmenschen mehr. Im häuslichen Waffenschrank des modernen Menschen steht die Pumpgun.

Wie die Geschichte der Schulmassaker in Deutschland zeigt, wird das Geheimnis des Waffenschrankschlüsselverstecks nicht immer und überall gehütet. Die Zahl jener, deren Leben durch den Schuss aus einer Sportwaffe beendet wurde, ist dreistellig. Die Trauer um die durch feigen Mord in den Tod gerissenen Kinder bleibt bei den Hinterbliebenen. Die Öffentlichkeit schüttelt sich kurz und stampft weiter. Es gibt keinerlei Anzeichen dafür, dass sich die Schützenvereine in ihren Waffengewohnheiten beschränken lassen. Millionen Waffen haben noch nicht getötet. Doch wenn eine dafür benutzt wird, wofür sie hergestellt wurde, ist das Elend groß.

Es gibt eine Bürgerinitiative, deren Mitunterzeichner ich bin: »Keine Mordwaffen als Sportwaffen!« Roman Grafe hat sie ins Leben gerufen. Er war eine Woche zum Fasten aufs Land gefahren. Doch anstatt sich gegen die Welt abzuschotten, hörte er am 11. März 2009 Nachrichten im Radio. Seine Erschütterung über das Massaker von Winnenden war so umfassend, dass er am selben Tag den Entschluss fasste, der Welt nicht unbeteiligt ihren irrsinnigen Lauf zu lassen. Seitdem kämpft er dafür, dass Schützenvereine nur noch mit Druckluftwaffen schießen dürfen. Wäre dies schon im deutsch-deutschen Einigungsvertrag verankert worden, hätte es die Schulmassaker nicht geben können, denn keiner der Täter wäre ohne die Mordwaffen der Männer von den Schützenvereinen imstande gewesen, sein Massaker anzurichten. Roman Grafe erhält anonyme Drohbriefe, in denen seine Tötung beschrieben wird. Die Mutter eines in der Winnender Albertville-Realschule ermordeten Mädchens erhielt einen anonymen Brief, dessen Briefbogen vom Absender mit Kot beschmiert worden war. Sie kommentierte diese Tat mit dem Satz: »Der, der das Blatt ins Kuvert gesteckt hat, hat sich die Hände dreckiger gemacht als ich beim Öffnen.«

Die Kausalbeziehungen zwischen Ursache und Wirkung sind auf ein Niveau heruntergekommen, das jeder Beschreibung spottet: Ein Mann, der die Möglichkeit zu morden beschränken will, wird mit Mord bedroht. Der Mutter des ermordeten Mädchens wird Unflat zugestellt.

2008: Auf einen Bauzaun im Zentrum Erfurts stand mit weißer Kreide (wie an eine Schultafel) geschrieben: »Ich komme wieder«, und darunter stand der Name des Neunzehnjähri-

gen, der 2002 das Massaker am Erfurter Gutenberg-Gymnasium angerichtet hat.
Der Verfassungsschutz müsste V-Männer in die Schützenvereine einschleusen. Hat er vielleicht schon gemacht. Die Taktik des Verfassungsschutzes ist so irrsinnig, dass man dem Gedanken an Verschwörungstheorien nur nicht folgt, weil es verboten ist. Wir leben in Deutschland. Das darf man nie vergessen. Für uns steht die Verfassung über allem. *Sie,* der Konsens, unter dem die Menschen zusammenleben, wird geschützt, nicht jene, zu deren Schutz dieser Konsens getroffen wurde. Wie hätte es anders zu den »Döner-Morden« der »Zwickauer Zelle« kommen können?
Ein Fünfjähriger, der diesen Satz aus dem Fernsehen aufschnappt und schon weiß, dass es Zellen und Bakterien gibt, stellt sich eine kleine Zelle vor, wie sie zu einem Döner fliegt, in ihn hineinkriecht und ihn umbringt. Übrig bleibt ein toter Döner.
Immerhin gibt es eine Kommission, die das Unwort des Jahres noch einmal an die große Glocke hängen darf. Außerdem wurde zur Aufklärung der Döner-Morde die größte Untersuchungskommission der Bundesregierung aller Zeiten gebildet. Laut Wikipedia blieb sie ergebnislos. Was nicht ganz stimmt. Es zeitigt immer ein Ergebnis, wenn man sich mit einer bestimmten Sache befasst. Doch dies kommt der Allgemeinheit selten zugute. Mit der eigenen Lebenserfahrung ge-

langt man zu Wahrheiten, die der hysterischen Öffentlichkeit fast nichts nützen.
Es müssen schon Bücher sein, am besten Fachbücher, um das Schweigen über die dumpfste Stimmung in Deutschland zu brechen. Nachdem der Sarazzin'sche Streich geglückt war, das Sachbuch die Bestsellerlisten dominierte, hörte ich eine Rundfunkreportage über Kindergärten. Ein kleines Mädchen wurde befragt, ob es schon einmal den Namen Sarrazin gehört habe. Schlagfertig antwortete das Kind: »Der Sarrazin ist der Böse. Der will, dass wir unsere Nachbarn verprügeln.«
Mit meiner DDR-Erfahrung dachte ich bei mir: ›Klappt doch.‹

—

Tomas nahm seinen Schallschutz ab und gab ihn Klemens. Der zögerte. Die Ohrmuscheln waren warm. Aber Tomas sah ihn an, bis Klemens das Ding aufsetzte. Dann nahm er Maik den Schallschutz vom Kopf. Der musste sich einen anderen aus dem Geräteraum holen. Klemens wollte mitgehen, Tomas hielt ihn an der Jacke zurück, Klemens blieb sitzen. Von einem Moment auf den anderen hatte er die Obhut akzeptiert. Plötzlich war es ihm nicht mehr unangenehm, neben Tomas zu sitzen, es gefiel ihm sogar: Der Gauleiter schien ihn zu mögen.
Als Maik zurückkam, sah er einen entspannten Klemens auf der Wartebank sitzen. Sekunden später war dessen Entspannung dahin. Drei Männer hatten den Keller betreten, einer

von ihnen war Klemens' Vater. Als der den Sohn gesichtet hatte, drehte er sich einmal wie schlafwandelnd um die eigene Achse. Dann winkte er Klemens heran. Doch auch wenn Tomas nicht wieder die Hand auf dessen Oberschenkel gelegt hätte, wäre Klemens sitzen geblieben.

Für den Vater gab es noch eine andere Wartebank. Und so blieb es bei der kurzen innerfamiliären Irritation. Nicht für Tomas. Nachdem der erfahren hatte, dass es sich bei dem Mann um Klemens' Vater handelte, handelte er. Bald darauf kam er mit dem Vater wieder in den Keller zurück. Er hatte ihn angesprochen. Sie waren eine Zigarettenlänge hinausgegangen. Tomas sah zu Klemens wie: Alles klar!

Dem fiel seine Schultasche ein. Die lag hoffentlich noch hinter der Hecke. Ob er sie wiederfände? Es hatte geschneit. Der Vater würde noch schlafen, wenn er seine Sachen packte. War alles klar, brauchte er ihn nicht mal zu wecken. Quatsch! Er weckte ihn sowieso nicht, sondern schriebe ihm einen Zettel. Doch jetzt bräuchte er nicht mal das.

Nun durfte Klemens doch schon am ersten Tag schießen. Tomas stand neben ihm und zeigte ihm die Körperhaltung. Zwei Schießstände weiter zeigte ein V-Mann Klemens' Vater die Körperhaltung.

Die Waffen zuckten in den Händen, in den Armen, in den Schultern, in den Köpfen. Beide Kugeln schlugen in der Herzgegend ein. Klemens und sein Vater fühlten zum ersten Mal gleichzeitig das Gleiche: ein Gefühl von Überlegenheit. Acht Schuss lang.

—

Im Moment der Schussabgabe kann einem keiner. Eingehüllt in die Macht der Geschwindigkeit, sitzen die Schützen auf den Spitzen ihrer Projektile und jagen durch den Raum. Kurz vor dem Einschlag springen sie ab und sehen in Zeitlupe, wie Material zerreißt. Das wollen sie immer wieder. Es ist eine Sucht mit klarem Ziel, stärker als Rauchen, der Hunderttausende verfallen sind. Laut Wikipedia: eins Komma sechs Millionen. (Feine Sache, wenn das iPhone in Reichweite liegt.) Durchschnittlich besitzt jeder mindestens zwei Waffen. Eingedenk aller Eindrücke, denen der Mensch unserer Zeit, so auch der Sportschütze, visuell, akustisch und stofflich ausgesetzt war, ausgesetzt ist und ausgesetzt sein wird, scheint diese Tatsache problematisch. Die bundesweiten Krankheitsstatistiken zeigen einen Anstieg psychischer Pathologien. Die Verwirrung nimmt zu. Man kann nicht für jeden Einzelnen die Hand ins Feuer legen. Gebt dem Volk einfache Luftgewehre! Das zwiebelt zwar, wenn man am Lederhosenboden getroffen wird, aber man überlebt.

—

Nach dem Training ging es in die Klause. Tomas hatte die Jungs eingeladen. Die Klause war voll von Glatzen. Zuerst befahl Tomas dem Wirt, die Musik leiser zu drehen. Es war deutsche Musik, aber er wollte sich mit den Jungs unterhalten. Der Neue war gerade richtig: eingeschüchtert und unter entsprechender Führung zu Größe bereit, die er zwar nie erreichte, aber dafür gäbe es ja auch die Reichsführung und die Gauleiter.

Tomas fiel mit der Tür ins Haus: »Weißt du überhaupt, was wir wollen?«

Klemens nickte.

»Was?

»Wir wollen, dass Deutschland s ... s ... sauber wird.«

»Genau.«

Tim sagte: »Es gibt zu viele Ausländer.«

Maik: »Die nehmen uns die Arbeitsplätze weg.«

Zufrieden nickend hob Tomas sein Glas und rief lautstark: »Auf Deutschland.«

Fast die ganze Kneipe parierte mit: »Sieg Heil!«

Sich erhebend wedelte Tomas mit einer Handbewegung die Musik aus. »Es ist noch ein langer Weg bis dahin, Kameraden.« In der Kneipe war es mucksmäuschenstill. Der Wirt verriegelte die Eingangstür.

Tomas rief: »Maik!«

Der stand auf, rief: »Geduld, verrat'ne Brüder! Schon wanket Judas' Thron!«, und setzte sich wieder hin.

Tomas: »Hier, das ist Klemens. Das ist ein Deutscher wie wir. Der braucht unsere Hilfe. Wer einen bei sich aufnehmen kann, nachher bei mir melden. Morgen ist Wehrsport. Ihr müsst fit sein. Sauft nicht so viel.«

Dann hielt er eine Rede über die Verlässlichkeit und das Pflichtgefühl der germanischen Rasse, vor der sich die ganze Welt fürchte, weshalb das bolschewistisch-jüdische Gesindel wie ein Vampir auf und an Deutschland klebe. Wer die Rassenfrage nicht löse, bleibe im Sumpf stecken.

Aus dem Plenum rief es: »Nur ein toter Neger ist ein guter Neger!«

Als die grölende Zustimmung verebbt war, schlug Tomas mit der Faust auf den Tisch und sagte in die entstandene Stille: »Woher weißt du denn das?« Er konnte es nicht leiden, wenn man in seine Rede irgendwelche Parolen hineinbrüllte. Reden waren seine Kür, die Führung der Jugend seine Pflicht. Er hatte schon in der Schule bei der FDJ gemerkt, dass er Führungstalente habe. Sollte er diese nur wegen eines weggebrochenen Staates verkümmern lassen?

—

»FDJ!«, sagt Klemens.

»Freie Deutsche Jugend!«, sage ich.

Er sagt: »Lass dir das mal auf der Zunge zergehen.«

Ich sage: »Bund Deutscher Mädchen.«

»Genau so«, sagt er. »Das ist nach fünfundvierzig einfach weitergegangen. Die haben nur die Jungs und die Mädels nicht mehr getrennt. Wart mal ... Mädels waren keine da ...« Klemens stutzt. »Das gibt's doch nicht. Da war einer in der Klause, der gehörte irgendwie nicht dazu, der sah so aus wie du.«

—

Ich verfolgte das Ereignis vom Tresen aus. Meine Kurzhaarfrisur war frisch geschnitten. Mein bürgerliches Äußeres konnte man getrost dem Alter zurechnen. Da ich auf einem Barhocker saß, wurde nicht bemerkt, wenn ich beim »Sieg Heil« sitzen blieb.

Mulmig wurde mir, als der Wirt die Tür verschloss und den Schlüssel nicht stecken ließ. Wäre noch eine andere Kneipe pensionsnah offen gewesen, hätte ich schon auf der Schwelle kehrt gemacht. Die gastronomische Wüste im Meckpomm vor den blühenden Landschaften ließ mir keine Wahl. So kam ich zu einer Original-Neonaziveranstaltung. Ich entschloss mich, meine Begabung, vor Menschen zu sprechen, zurückzuhalten. Der Zufall wollte, dass ich weiß bin, sonst wäre ich schnell zum Spielball ausufernder Gefühle geworden.

Der Mann dozierte über die Rolle der SA bei Deutschlands Säuberung, und dass jeder zur SA gehöre, der für Deutschland zeige, wie mit Scheinasylanten umzugehen sei und mit Juden. Dann machte er einen Ausflug zu Siegfried, dem deutschen Helden, der nur deshalb ermordet wurde, weil er eine bolschewistische Frau hatte.

Ich musste mir das Lachen verkneifen. Wie er es brauchte, griff er sich die Dinge aus der Geschichte heraus, um den jungen Männern zu zeigen, wie alt seine Wahrheiten seien.

Von Siegfried sprang er zu Thor, der die Ordnung mit seinem Hammer zerschlagen habe, genau wie die Germanen im Teutoburger Wald die Römer zerschlugen. Und genau wie die SA heute die Überfremdung zerschlagen müsse. Und zwar dringender denn je, weil die Demokratie der Überfremdung Tür und Tor öffne. »Kameraden! Wer, wenn nicht wir!«

Ein Original FDJ-Satz - nicht als Frage gemeint. Die Kameraden grölten den immer gleichen Gruß, rissen ihren ausgestreckten rechten Arm nach oben. Hätten sie ihn angewinkelt, den Daumen dabei etwas abgespreizt und das Handgelenk minimal gedreht, hätte die Daumenspitze den Kopf berührt. Der Gruß der Jungpioniere. Den Arm noch etwas stärker anwinkeln, die Fingerspitzen der immer noch ausgestreckten Hand berühren die Schläfe, der Soldatengruß. Die Gehorsamsbekundungen unterscheiden sich nicht grundsätzlich.

Tomas ging zum Tresen und stellte sich neben mich, doch nur um dem Wirt die deutsche Musik wieder zu erlauben.

Ich sagte zu ihm: »Meinst du nicht, dass wir den Juden einiges zu verdanken haben?«

Er sah mir prüfend in die Augen, schaute durch mich hindurch und winkte die drei Glatzen heran, die mit ihm am Tisch gesessen hatten. Zu mir sagte er: »Du gehst.«

Das hatte ich ohnehin vor. Deswegen hatte ich auch schon bezahlt. Ich ging also, kam aber bloß bis zur Tür, weil die, was ich vergessen hatte, immer noch verschlossen war. Der Schreck

fuhr mir in die Glieder. Der Kerl sagte etwas zu den Dreien und zeigte auf mich. In dieser Sekunde sah ich mich blutüberströmt mit Blaulicht. Dann ließ er sich vom Wirt den Schlüssel geben.
Mit welcher Ergebenheit ich auf seine Hand schaute. Sie steckte den Schlüssel ins Schloss und schloss auf. Und als ich wieder klinkte, öffnete sich die Tür, und ich war frei. Oh, du schöne Straße mit deinen schönen Häuserfronten, dahinter die Menschen im Schlafe liegen.
Noch nie habe ich an einer Schlägerei teilgenommen und bin darin völlig ungeübt. Ich meide die Gewalt grundsätzlich. Bis auf bei drei Menschen ist mir dies auch immer gelungen, besser gesagt: Nur drei Menschen haben mir bisher Gewalt angetan. Zumindest bei zweien hätte ich mich stärker zur Wehr setzen können, tat es aber nicht, weil ich Angst hatte, ihnen wehzutun. Man kann es auch als eine Degeneration bezeichnen: die Degeneration der Fähigkeit, sich selbst zu verteidigen. Um diese nicht fortzupflanzen, gehe ich jeden Dienstag mit Marvin zu Capoeira, einem brasilianischen Kampftanz. Nativa, die Trainerin, ist eine beherzte Capoeirista, die auch das dickste Kind an den Beinen in den Kopfstand zerrt und es mit einem kräftigen »Supa!« belobigt.
Manchmal hat Marvin keine Lust auf Capoeira. Und dies immer häufiger an einem Dienstag. Er empfindet seinen Nachmittag unterbrochen. Kaum hat er die Schularbeiten hinter sich, muss er schon wieder los.

Ich sage: »Entweder du willst Capoeira lernen oder nicht.«
»Ich will ja«, sagt er, »aber nur heute ausnahmsweise nicht.«
»Letzte Woche wolltest du auch nicht.«
»Aber nächste Woche will ich wieder, versprochen, Papa.«
Einmal hat er zugegeben, dass er sich durch den Termin eigentlich immer gestört fühle, doch weil er Nativa nicht enttäuschen wolle, weiter zu Capoeira gehe.
Erinnere ich mich recht, war dies auch mein Hauptgrund, weshalb ich als Jugendlicher Geräteturner war: wegen Herrn Kanya, dem Trainer, den ich mir zum Ersatzvater erwählt hatte, weil mir mein leiblicher Vater äußerst selten sagte, wo es langging.

Die Jugend im Menschen glaubt an das, was der Kindheit gefehlt hat, der Erwachsene in ihm tröstet die Jugend darüber hinweg, dass sie dies auch fürderhin nicht bekommt.

—

Neulich fragte mich mein Freund Erich, ob ich etwas schriebe? Ich sagte, ja, an einem Buch über Neonazis.
»Schick mir mal was.«
Ich schickte ihm das erste Drittel per Mail. Es geht bis zu den Hakenkreuzschmierereien am Jugendklub der Redskins.
Bei unserem nächsten Treffen sagte er, dass es ihn nicht sonderlich interessiere und das Buch wahrscheinlich nicht eines jener Bücher von mir würde, die er gern lese.

»Warum?«

Er schien nach Worten für etwas zu suchen, wofür es sich nicht lohnte, Worte zu finden: Der Gegenstand der Betrachtung war einfach eine zu niedrige Sache. »Was ist denn bei denen Nazi? Das hat doch mit Nazi gar nichts zu tun. Da ist doch keine Kultur und gar nichts. Das sind einfach dumpfe Kerle, die draufhauen wollen und von nichts Ahnung haben.«

Wenn er es so sah, verstand ich, dass die Lektüre meiner neuen Schrift für ihn null Unterhaltungswert mit sich brächte. Aber es wurmte mich natürlich. Ich rief ihn gleich darauf an, um zu fragen, ob er sich vor dem Thema ekele, ob Neonazis für ihn keine Menschen (im bürgerlichen Sinne) seien. Seine Sekretärin ging ans Telefon, Manuela, die sich immer mit einer langen Ansage vorstellt. Manchmal gelingt es mir vorher meinen Namen zu sagen. Dann lacht sie und sagt: »Du warst schneller.«

Erich sei in einer Besprechung. Ob sie ihm etwas ausrichten solle? Als ich ihr sagte, es gehe um mein Buch über Neonazis, fragte sie, ob dies nicht ein Randthema sei, das nur wenige interessiere, weil die meisten doch mit ihrem eigenen Leben genug zu tun hätten. Außerdem höre man gerade soviel darüber. Es reiche langsam.

Etwas mehr Motivation hatte ich mir schon gewünscht. Ich versuchte das Ruder herumzureißen: Sei es nicht sinnvoll, jenes zu beschreiben, was unterhalb des Kulturhorizonts liege?

Gäbe es überhaupt etwas, das nicht verdiene, beschrieben zu werden, um zu Sprache zu kommen? Sich ihrer niederen Instinkte zu vergewissern, hat der Gesellschaft noch nie geschadet, nur so könne sie diese sublimieren …

Schließlich sagte sie: »Du hast schon recht.«

Diesen Satz verwendete meine Mutter gern, wenn ich sie agitiert hatte. Sie wollte nur ihr »Glücksrad« sehen, ihre kleinen Einkäufe erledigen, ihre kleine Wohnung in Ordnung halten, hatte dabei zu tun wie der Leipziger Rat, und dann kam auch noch ich, der von ihr wollte, dass sie sich für eine multikulturelle Gesellschaft erwärmt. Doch weil ich so überzeugend sprach, sagte sie zum Schluss immer statt »Das hat's doch unterm Honecker nicht gegeben«: »Du hast schon recht.«

KAPITEL 4

Ende Februar 2012 wurde in Berlin die offizielle Gedenkfeier der Bundesrepublik für die Opfer der rechtsextremistischen Zwickauer Zelle begangen. Die Kanzlerin hielt eine Rede und bat die Hinterbliebenen, der Bundesrepublik Deutschland die Schande zu verzeihen, die die Bundesrepublik über die Hinterbliebenen gebracht habe, in dem sie, die Bundesrepublik, die Hinterbliebenen verdächtigte, in die Tat verstrickt gewesen zu sein. Die Grundstruktur dieser Schande auf Seiten des Täters erinnert an den kotbeschmierten Briefbogen: Eines Tages klingelt der Absender in Winnenden bei der Empfängerin und will sich entschuldigen, spricht im Duktus der Kanzlerin und sagt zwischenrein ein paar Sätze Original Schwäbisch.
Dass dies aber in der Politik möglich ist, ist Politik. Mehrere Ebenen darüber nimmt sie, die Kanzlerin, für einige Sätze die Schuld auf sich, lernt extra bei einem Türken die türkische Aussprache der Worte, die sie zur Welt spricht, in der so etwas passieren konnte. Dann wird offiziell geschwiegen, die Masse reinigt sich. Durch ihren Mund. Sowohl durch den Mund der Republik, als auch durch den Mund der Masse. Er schweigt, der Mund, und kämpft innerlich je nach Grad der Betroffenheit dagegen an, in purer inoffizieller Trauer die Fassung zu verlieren.
Alle meinen es ernst, und doch ist es verlogen. Nicht offiziell, sondern inoffiziell. Im Herzen, wo die Trauer sitzt, zieht es sich zusammen und verengt den Durchgang zu Gott, der alles

zulässt, jede Gemeinheit, jede Liebe, jedes Verbrechen, jedes Verkommen, jedes Vergehen. Seit Jahrtausenden scheinbar mit wachsender Gleichgültigkeit. Und jede Vergebung lässt er zu. Er lässt zu, dass wir uns bewusst werden, wie schwer wir es dem Vater machen, noch im Ernst bei der Sache zu bleiben. Da sind sich Kind und Gott einer Seele.

Der Termin ist vorbei, die Woge der Multikultur wiegt uns weiter in Sicherheit. Die Opferzahl ist so gering, dass der Zufall, man würde selbst gemeuchelt, bei eins zu Millionen liegt. Tödliche Verkehrsunfälle sind hundertfach häufiger. Pro Jahr. Miete muss man jeden Monat bezahlen. Die kommt auch nicht von allein. Was wollt ihr denn von mir? Ich hab doch mit dem Zeug nichts zu tun, lasst mich doch in Ruhe.

In Thüringen sprach ich, ebenfalls Ende Februar 2012, zu vorgerückter Stunde mit einer Frau. Wir waren am Tresen ins Gespräch gekommen, nachdem ich sehr über sie lachen musste: Der Wirt hatte zwei Schnäpse gleichen Namens vorgestellt, die sich im Alkoholgehalt unterschieden: einer hatte zwanzig, der andere dreißig Prozent.

Sie fragte: »Und wo ist da jetzt der Unterschied?«

Immerhin herrschte eine Atmosphäre allgemeiner Heiterkeit. Ich kenne Kreise, wo so etwas stumpf übergangen wird.

Ihre aktuelle Lebenssituation hatte sie vorher schon lautstark zum Besten gegeben. Jetzt sei sie Zivi. Aber danach finge sie noch ein Studium an. Alles paletti. Sie strahlte etwas Fideles aus. Dafür kriege sie zwar wenig Geld, aber... Der Wirt fiel ihr ins Wort, billige Arbeitskräfte gebe es heute überall. Sie rief: »Das hat doch mit billigen Arbeitskräften nichts zu tun, ich krieg nur wenig Geld.«

Da musste ich schon wieder lachen.

»Was lachst'n da?«

So sagt man es nur im Osten Thüringens, mit diesem freundlichen Ton, der eine geringe Empörung in sich trägt, die aber durch etwas irgendwie Kumpelhaftes überhaupt nichts Aggressives an sich hat.

Ich fragte, wie alt sie sei.

»Mitte vierzig, warum?«

»Müsstest du da jetzt nicht Bufdi sein?«

(Innerlich kicherte ich über die gute Gelegenheit, dieses seltsame Wort ausgesprochen zu haben. Es ist die Abkürzung für Bundesfreiwilligendienst.)

»Ich müsste, klar. Ich war ja auch. Aber jetzt bin ich wieder Zivi.«

Wie ginge denn so was? Ich war gespannt.

»Dank unserer lieben Regierung. Die hat mal wieder Mist gebaut. Die haben gedacht, wenn sie die Wehrpflicht abschaffen, kriegen sie noch genug Leute für den Zivildienst. Die haben die Leute mal wieder falsch eingeschätzt. Die gehen doch da nicht freiwillig hin. Ich war Bufdi, früher. Aber als Zivi kriegst du eben noch ein Studium finanziert.«

»Und was studierst du dann?«

»Sozialwissenschaft.«

»Das ist deine Chance. Kannst noch mal von vorn anfangen.«

Wir lachten über die Güte der Bundesregierung!

Ihr Freund saß zwischen uns. Er war an allen sichtbaren Körperteilen tätowiert. Auf meine Frage, wie viel der Spaß gekostet habe, sagte er mit müdem Stolz: »Mein ganzer Körper ist voll.« Das habe sich über Jahre hingezogen. Man dürfe nicht alles auf einmal machen lassen. Wegen der Haut. Es gebe den Fall, da habe sich ein junger Mann den ganzen Körper in einem Stück tätowieren lassen, der sei erstickt. Mit der Haut, dem größten Organ des menschlichen Körpers, müsse man besonders behutsam umgehen. *Behutsam* hat er nicht gesagt, sondern *vorsichtig*. Seine Freundin, die Zivi, Katrin, war weit weniger tätowiert. (Mittlerweile kannten wir unsere Vornamen.) Sie hatte nur einen Ring durch die Nase, wie man es in meiner Jugend bei Tanzbären kannte.

Während meiner mehrtägigen Thüringenreise ist mir das Thema Neonazi außer beim Autofahren in den Nachrichten und Kommentaren, den Presseschauen und Kolumnen nur dann begegnet, wenn ich es angesprochen hatte. Ich kam mir dann ein bisschen, oder anders gesagt, ein Stück weit wie ein Agitator vor.

Unbeholfen fragte ich: »Gibt's hier noch so was wie Neonazis?«

»Och nö, die sind doch jetzt auch schon alle älter. Da macht man so was nicht mehr.«
Sie selber habe nie Kontakte dorthin gehabt. Und heute, das seien doch alles ziemliche Spinner. »Lass die doch einmal im Jahr durch die Stadt latschen. Wenn niemand hinguckt, kommen die sich selber irgendwann blöd vor.«
Soweit Katrins Rat, den die Kanzlerin natürlich nicht befolgen darf. Die sieht das Land, dessen Kanzlerin sie ist, und sagt, es sei sehr traurig, wenn ein Kameradschaftsabend ausreiche, um einen Jugendlichen für die Neonazis zu gewinnen.
Soweit kann Macht reichen: bis zum Eingeständnis völliger Ohnmacht gegenüber den Ursachen der Verwirrung im von ihr geleiteten Staat. Anlässlich eines weiteren Anlasses sagte sie auch, die Politik dürfe sich nicht von der Wirtschaft vorschreiben lassen, wie Politik zu machen sei. Eine mutige, kämpferische Frau. Ende Februar 2012 wiesen die Plakate an den Litfaßsäulen bundesweit auf das nächste zweidimensionale Großereignis hin: »Die Rache der Wanderhure«.

Im Radio wurde die Zwickauer Terrorzelle auch Thüringer Terrorzelle genannt! Nur weil der Wohnwagen der Terrorzelle in Thüringen stand, ist sie noch lange nicht thüringisch. Schlafe ich in einem Hotel, beispielsweise in Zwickau, bin ich deshalb noch lange kein Zwickauer. Ende Februar 2012 schlief ich sogar in einem Zwickauer Hotel. Kein Jota habe ich mich deshalb als Zwickauer gefühlt. Ich möchte das auch gar nicht. Die Stadt ist tot. Das scheinbare Leben pulsiert während der Öffnungszeiten in den Passagen und Arkaden. Welche Pläne die Zwickauer zu Hause schmieden, ist ungewiss. Alle sind verdächtig.

Die Zwickauer leiden darunter, dass ihr Ortsname mit der Schandtat in Verbindung steht. Werden sie darauf angesprochen, herrscht Betretenheit. Die Terrorzelle hätte überall wachsen können. Warum gerade in Zwickau? Weil etwas, das passiert, schließlich irgendwo passieren muss.

—

Ein Häuflein Wehrsportler rannte Slalom um die Sturmbahnelemente auf dem verwaisten Truppenübungsplatz. Tomas und Günter, ein neuer Ausbilder, wechselten sich beim Befehlen ab.

»Hab ich nicht gesagt«, rief Tomas, »ihr sollt nicht soviel saufen?« Es ärgerte ihn, dass von dem Halbhundert Kameraden nur ein knappes Dutzend erschienen waren. Da hätte er auch nur einen Ello gebraucht und keinen Ural, um die paar Hanseln in die Pampa zu kutschieren.

»Robben!«, schrie Günter und sagte zu Tomas: »So richtig hart sind die aber noch nicht.«

Der antwortete: »Die haben's noch nicht ganz begriffen.«

Gleichauf robbten Klemens und Tim mit hölzernen Sturmbahngewehren durch den Schnee. Ihnen brannten die Finger vor Kälte. Sie hatten keine Handschuhe und auch keine Lust, mit nassen Klamotten rumzurennen. Erst stand Tim auf, dann Maik, dann Klemens.

»Was ist denn los?«, brüllte Günter. »Robben!«

Sie blieben stehen

»Abteilung! Halt!«, schrie Tomas.

Günter brüllte: »Antreten!«

Die Jungs rannten zur Startlinie zurück.

Tomas hielt eine Standpauke: Weicheier, die aus der Reihe scherten, könne die SA nun gar nicht gebrauchen. Das sei doch der Grund gewesen, warum der Russlandfeldzug in die Hose ging: weil die Wehrmacht nicht genug unter Winterbedingungen geübt hatte. Die Feinde warteten nur darauf, dass Deutschland denselben Fehler noch einmal machte.

Tim sagte kleinlaut: »Nasse Klamotten sind scheiße.«

»Weißt du, was scheiße ist?«, zischte Tomas. »Du bist scheiße. Wärst du doch in deiner Furzmohle liegengeblieben wie deine anderen feinen Kameraden.«

Günter fand, es wurde genug gequatscht, und brüllte: »Atomblitz von vorn!«

Die Jungs schauten ihn an, als habe er sie nicht mehr alle.

Tomas sagte: »Das hatten sie noch nicht.«

Entgeistert schüttelte Günter den Kopf. »Die wissen heute gar nichts mehr. Seitdem wir den Westen hier haben, wissen die nicht die einfachsten Dinge.« Als Stabsfeldwebel der Nationalen Volksarmee war es ihm immer ein Vergnügen gewesen, mit Atomblitzen umherzuwerfen. Nach seinen fünfundzwanzig Dienstjahren hatte er sich als Ausbilder bei den Kampfgruppen der Arbeiterklasse verwirklicht und noch später bei der GST, der Gesellschaft für Sport und Technik. Nun stellte er seine Persönlichkeit in den Dienst der deutschen Sache. Zum alten Eisen zählte er sich nämlich noch nicht.

In Tomas, der, wie er sagte, noch das Glück hatte, gedient zu haben, hatte es gezuckt, als Günter den Atomblitz warf. Fast hätte er sich bäuchlings auf den Boden geworfen. Natürlich ließ er sich von Günter keine Befehle geben. Aber gezuckt hatte es.

Plötzlich schrie Günter: »Ich werde euch über die Sturmbahn hetzen, dass euch das Wasser im Arsch kocht! Antreten!«

An Tomas gerichtet, sagte Tim, die Sturmbahn sei vereist, da breche man sich die Knochen.

Das musste selbst einem einleuchten, der die Fehler der Wehrmacht beim Russlandfeldzug nicht wiederholen wollte.

Günter hatte die Nase voll. Wozu gab er denn Befehle? Er ließ die Truppe stehen, stieg in den Ural und schaltete die Standheizung an. Lautlos zog ein Krähenschwarm über die jungen Männer mit den kahlen Köpfen, über ihren Gauleiter, den dunkelgrünen ungetümen Ural, über die verwahrlosten Wohnblöcke hinter dem verschneiten Übungsplatz. Doch dann war doch noch ein einzelnes Krächzen zu vernehmen, so als hätte

es die postkommunistische Tristesse höchstpersönlich in Auftrag gegeben.
Bewegte man sich nicht, war es wirklich unangenehm kalt. Tomas verordnete den Kameraden eine Zigarettenpause und stieg in den Ural. Günter empfing ihn mit einer saftigen Beschwerde: »Wenn du mir gesagt hättest, was das für ein Haufen ist, mit dem du Deutschland retten willst, wäre ich zu Hause geblieben. Sturmbahn vereist?« Aus dem Schützenloch könne man auch im Winter starten. Oder durch den Fuchsbau kriechen. Und bei der Häuserwand ginge man im Winter sowieso nur durch die unteren Fenster.
Tomas entschied, langsam in die Stadt zurückzufahren, und zwar so langsam, dass die Wehrsportler im Laufschritt folgen konnten. Sozusagen als Ausdauertraining. Ausdauer brauchte die SA allemal für ihre gewaltige Aufgabe. Nach zehn Kilometern ließe er sie aufsitzen.
»Nicht wenigstens noch Handgranatenwerfen?«, grummelte Günter. Er hatte extra eine Kiste mit Attrappen aus seiner Garage auf den Ural gewuchtet. Alte GST-Bestände. Die Holz-MPis hatte er auch abgezweigt. Ein bisschen Ausrüstung brauchte man schon, wenn man sich noch nicht zur Ruhe setzen wollte.
Zum Handgranatenwerfen ließ sich Tomas überreden. Günter kurbelte das Fenster herunter und brüllte: »Handgranaten fassen!«

Die schlechtgelaunte, frierende Horde Wehrsportler trabte zum LKW. Tomas blieb drin sitzen. Sollte sich der Ausbilder doch den Arsch abfrieren. Günter schaltete die Standheizung ab und sprang aus dem Auto in sein Element: antreiben. »Schnell. Schnell. Ihr beiden, zack, zack, die Kiste, Ladeklappe auf, hopp, hopp, hopp! Antreten! Wir sind nicht zum Eierschaukeln hier!«

Nun, da Tomas nicht mehr hineinquatschte, hatte Günter freie Hand. Er ließ die Jungs nach den Handgranaten robben, den Rückweg mussten sie im Strecksprung absolvieren. Weil sich Tim zu robben weigerte, durfte er auch nicht werfen und nicht springen und auch nicht an den Liegestützen vor und nach dem Werfen teilnehmen. Stattdessen musste er mit einer Drahtbürste Handgranaten von Rostbefall säubern. Er war der einzige, dem das Rennen hinterm Ural her nichts ausmachte. Viel mehr nervte ihn der Hunger. Und die Zeichen aus den passierenden Autos: ein in den offenen Mund gehaltener Zeigefinger, zwei aufgestellte Mittelfinger, ein aus dem Fenster gestreckter Arm. Er war der einzige der Jungs, der unter den gegebenen Umständen Augen dafür hatte.

»Habt ihr das gesehen?«, rief er, als derselbe VW-Bus zum zweiten Mal überholte. Auf der Sitzbank hatte einer seinen nackten Arsch gegen das Fenster gedrückt.

Maik ächzte, wenn auch nicht als Antwort auf Tims Frage: »Das ist eine totale Scheiße!«

Aus den Wehrsportlern drang unartikuliertes Fluchen.
Werner, der Bahnsteigfeigling, keuchte: »Tschüss dann!« und blieb stehen. Auch Harald blieb stehen, ohne etwas zu sagen.
Der Ural bremste. Tim wäre fast dagegen gerannt. Günter brüllte vom Einstieg: »Wollt ihr ’ne Extraeinladung? Kneift den Arsch zusammen und hopp, hopp!«
So vielem pädagogischem Ungeschick durfte Tomas nicht zusehen.
Er stieg aus, ging nach hinten, winkte die beiden Stehengebliebenen heran und sagte: »Keine Lust mehr?«
Werner sagte: »Doch, doch, das ist das Geilste, was es gibt.«
Nach einem geringschätzigen Rundblick befahl Tomas: »Aufsitzen!«

In dem Buch »Masse und Macht« von Elias Canetti finden wir die Theorie, dass jeder Befehl, der einem Menschen gegeben werde, ein Stachel im Fleisch sei. Und dieser Stachel könne nur in einer Situation, weitergegeben werden, die jener Situation in der man ihn empfangen habe, gleiche. Das einzige Volk, bei dem es nicht dazu komme, dass der Stachel irgendwann später an nichtsahnende Mitmenschen weitergegeben werde, seien die nomadisierenden Mongolen. Dort habe jedes Kind ab drei Jahren ein Pferd, an das es den Stachel sofort weitergeben könne, bevor der sich charakterbildend ins Fleisch setze.

Unsere Glatzen hatten in nur zwei Stunden unter freiem Himmel eine solche Latte von Befehlen erhalten, dass sie für einen, der Befehlsstachel sehen kann, wie die Igel ausgesehen haben mochten. Doch an wen und in welchen Situationen werden die Stachel weitergegeben? Es ist nicht vorauszusehen.

—

»Wenn du es nicht ändern kannst, kannst du es auch gleich freudig begrüßen.« Als ich diesen Satz vor Jahren hörte, war ich kurz empört, doch nach einer Denkpause von dreißig Metern war meine Sympathie für jenen Mann, der den Satz gesagt hatte, gestiegen. Lerne ich von jemandem, steigt meine Sympathie für ihn automatisch. Karl lebt in der Nähe von Worms. Wir gingen nach meinem Konzert durch die Innenstadt, redeten über Siegfrieds Hang zur Übertreibung: Für das Gastmahl, das die Nibelungen zur Ankunft eines Königs geben wollen, ist kein Fleisch da. Siegfried geht in den Wald und erschlägt alle Wildschweine. Drei hätten wahrscheinlich genügt, aber er hat den Blutrausch – wie Buffalo Bill, der an einem Tag knapp Tausend Büffel tötete. Über Kriemhild kamen wir zu Marvins Mutter. Er spürte, wie ich mit dem Schicksal haderte und sagte: »Wenn du es nicht ändern kannst, kannst du es auch gleich freudig begrüßen.«

Wenden wir den Satz auf unser Thema an, sehen wir uns, dem Neonazi freundlich zuwinkend. Denn ändern können wir nicht, dass es ist, wie es ist. Freilich, wäre der junge Mann

nur ein Bayer beispielsweise, hätten wir es leichter mit ihm. Aber er ist ein Neonazi, für heute nicht zu ändern. Begrüßen wir ihn freudig, wird er sich wundern, wie sein Gewaltpotenzial schrumpft. Wir täten gut daran, die Neonazis nicht zur Ikone des Verachtenswerten zu stilisieren, auf die man öffentlich sanktioniert herabschauen darf. Dadurch verorten wir diese Zeitgenossen bei den Nicht-Menschen oder wie Göbbels sagte, den Untermenschen. Die Neonazis als Neojuden, die man irgendwann im Neokeller versteckt, wo sie bei Kerzenlicht Lanzerhefte lesen.
Angesichts der Opferstatistiken taucht die Frage auf: »Warum denn gerade die?« Ebenso wenig, wie man aus den Taten der Schulamokläufer auf die Gewaltbereitschaft aller Sportschützen schließen kann, kann man aus den Taten der sogenannten Terrorzelle auf die Gewaltbereitschaft der extrem Rechtsgesinnten schließen. Wir sollten sie mit derselben Gelassenheit ertragen, wie wir die Sportschützen mit ihren Mordwaffen zu ertragen haben. Brüllen die Medien lauter als die Neonazis? Nein, tun sie nicht! Sie gemahnen an die deutsche Schuld und die daraus erwachsene deutsche Pflicht, sich dem Thema in vollerem Umfang zu widmen, als es einem vollen Umfang nottäte.

—

»Du langhaarige Furzpflaume« ist die originellste Beschimpfung im Duell, das sich der blaue und der rote Kerl liefern, weil sie sich nicht darauf einigen können, ob der Tag geht oder die Nacht kommt. Der blaue Kerl sitzt auf der Westseite der Berges, der rote auf der Ostseite. Sie beschimpfen sich durch ein Loch im Berg und bewerfen sich mit Riesenbrocken, die den Berg schließlich ganz zerschlagen, und beide Kerle finden Rücken an Rücken heraus, dass der Andere recht hatte. Der blaue sieht zum ersten Mal die Nacht kommen und der rote zum ersten Mal die Sonne untergehen.

Für das glückliche Ende in dem preisgekrönten Kinderbuch von David McKee musste der Berg geopfert werden. Es heißt in der deutschsprachigen Ausgabe »Du hast angefangen – Nein, du«. Der Originaltitel ist »Two Monsters«. Der trifft die Sache deutlicher, zumal die Schuldfrage in dem Buch überhaupt nicht gestellt wird.

Nachdem ich Marvin das Buch vorgelesen hatte, ergab sich manche Gelegenheit, den Dialog zwischen den beiden Kerlen nachzuspielen und ihn um eigene Kreationen zu erweitern. Marvin wollte immer der rote Kerl sein, weil die Furzpflaume aus dessen Mund kommt.

Das Buch hatte uns eine Ebene geschenkt, auf der, ohne zu verletzen, beschimpft werden konnte, wo es kein »Das sagt man nicht« gibt.

Vielleicht will der zur Sprache Kommende auch diesen Wortschatz heben oder auch nur die Liebe auf die Probe stellen:

Ist sie stärker als die Wörter? Wenn ja, kann das Vertrauen zueinander nicht von genormten Bedeutungen untergraben werden.

Marvin war schon fünf, als er das Spiel eines Abends mit der langhaarigen Furzpflaume eröffnete. Wir betitelten uns unter verbaler Zuhilfenahme jeglicher Exkremente in reichhaltigster Begrifflichkeit, bis es mir langweilig wurde und ich wieder auf den Boden der Tatsachen zurückwollte. Ich sagte nach einem seiner deftigen Einfälle, in dem er die verschiedenen Substanzen fantasievoll verband: »Und weißt du, was du bist?«

»Nein!« Er quietschte vor Vergnügen.

»Mein liebster Schatz.«

Dieses Kosewort hatte ich schon einmal gebraucht, um den Dialog zu einem gütigen Ende zu bringen. Doch diesmal funktionierte es nicht mehr. Marvin erwiderte etwas unwiederholbar Unschmeichelhaftes. Darauf ich, wie nebenbei zu meinem Spiegelbild (er saß in der Wanne, ich stand am Waschbecken): »Hast schon recht.«

Das Spiel war zu Ende. Er sagte: »Nein, Papa, das bist du nicht.«

—

Auf dem Ural herrschte miese Stimmung. Tim hatte die Schnauze gestrichen voll. »Was hat das denn mit Wehrsport zu tun? Frierst dir 'n Arsch ab! Das war's!«

Klemens sagte: »Aber der T ... Tomas war okay.«
»Wieso?«, fragte Tim. »Der hat den Eierschleifer doch angeschleppt.«
Die anderen waren zu erschöpft, um eine Meinung zu haben. Nur Harald rief unparteiisch: »*Sieg* Heil!«
Tim, der neben Klemens saß, sagte dicht an dessen Ohr: »Pass auf, dass du Tomas nicht in' Arsch kriechst.«
Klemens erwiderte nichts. War er ein Arschkriecher, nur weil er Tomas okay fand? Er wollte keinen Streit mit Tim. Bis jetzt hatte sich noch niemand bereit erklärt, Klemens vorübergehend bei sich aufzunehmen.
Das gute Ende des Wehrsporttrainings war eine Erbsensuppe aus der Gulaschkanone vor der Klause. Die Strapazen traten in den Hintergrund. Mit dem ersten Löffel Suppe. Werner war am gierigsten. Er fluchte: »Scheiße, ist das heiß!«
Alle lachten, nicht nur aus Schadenfreude, sondern auch aus dem Gefühl heraus, etwas Unangenehmes überstanden zu haben. Dabei stand ihnen das Unangenehmste dieses Sonnabends im Januar 91 noch bevor. Wozu es wahrscheinlich nicht gekommen wäre, hätte Günter die Jungs mit dem Ural in Klemens' Satellitenstadt gefahren. Tim hatte ihn gefragt, aber Günter hatte abgelehnt: Für Weicheier rühre er keinen Finger. Tomas wäre gefahren, sagte er zumindest, aber leider hatte er keinen LKW-Führerschein. Übungshandgranaten wollte Günter nicht herausrücken. Unbewaffnet ins Feindesland zu

gehen, wäre Selbstmord gewesen. Tomas hatte einen Totschläger, aber den konnte er leider nicht verleihen, weil er ihn selber brauche, falls er einem Scheinasylanten begegne. »Für Deutschland!«

»Sieg Heil!«

Er verhandelte mit Günter, ein Pfund wechselte den Besitzer, das kosteten zehn Übungshandgranaten. Maik und Harald hatten Schlagringe dabei. Das Dutzend war ausgerüstet. Günter fuhr gnädigerweise einen Umweg über den Bahnhof, dem Sammelpunkt für den Marsch ins Zeckengebiet. Tomas gönnte sich eine Belehrung außer der Reihe und hielt der Mannschaft, die um das Doppelte angewachsen war, eine kurze Rede: Gern ginge er mit, allein er habe Verpflichtungen, die er ernster nehme als einige Kameraden den Wehrsport. Wer Schlagkraft haben wolle, müsse diese auch trainieren! Und als wüsste er, was die Kameraden erwartete, sagte er: »Rückzug ist manchmal die beste Verteidigung.«

»Wie meinst'n das?«, rief Tim.

Maik rief: »Die wissen das doch gar nicht.«

»Ihr denkt, das wisst nur ihr?« Da konnte Tomas nur lachen. Irgendeine Schwester wird es schon ausgeplaudert haben.

Er hätte es verhindern können. Er hätte nur zu sagen brauchen: kleine Gruppe bilden, Sonntag früh um fünf losgehen, Sachen holen. Eine Schlacht muss besser vorbereitet sein. Aber er sagte es nicht. Er würde es ihnen hinterher sagen.

»Woher soll'n die denn das wissen?« Werner wollte auch noch gefragt haben.
Doch Tomas hatte seine Rede beendet. Er verabschiedete sich mit einem sonoren »Für Deutschland«. In der Antwort war nicht die Spur von Schneid.
Sie wollten mit dem Bus fahren und sich, falls nicht alle in denselben passten, eine Haltestelle vor dem Ziel sammeln. Sie passten nicht alle in einen Bus. Klemens fuhr im ersten mit. Ihm fiel ein, wie er vor wenigen Tagen fliehen musste. Nun kam er wieder. Und nicht allein. Und mit einer Holzhandgranate unter der Jacke. Und er brauchte sich keine Bommelmütze aufzusetzen. Er stieß etwas hervor, das, wie ihm schien, noch nie so gut gepasst hat wie in diesem Moment: »Kampfhund, Bestie, Fleisch und Blut!« Nach dem dritten Mal grölten alle mit, alle mit Glatze und Symbolen. Den anderen Fahrgästen war die Angst nicht anzusehen, sie saßen erstarrt auf ihren Sitzen und sahen aus dem Fenster. Als der Trupp ausstieg, fragte ein Kind in Marvins Alter: »Mama, sind die böse?«
Die Mutter sagte: »Sei still.«
Tim kam im zweiten Bus. Er hatte noch auf Gunnar, seinen Bruder, gewartet. Der besaß eine Baseballkeule. Aber Gunnar war nicht gekommen. Bis auf die Übungshandgranaten sah die Bewaffnung recht bescheiden aus. Das Schlagkräftigste waren zwei Zimmermannshammer und ein Teleskoptotschlä-

ger. Doch das interessierte die Jungs nicht. Sie fühlten sich stark. Die Straßenbeleuchtung wurde angeschaltet. Keiner bemerkte es. Jeder sah auf den Rücken des Vordermanns. Klemens, Tim und Maik führten die Truppe an. Mehr als drei konnten nicht nebeneinander gehen. Für eine breitere Front war der Bürgersteig zu schmal.

—

»Entweder das hat jemand verraten«, sagt Klemens, »oder die müssen so was wie 'ne Telefonkette gehabt haben.«
Ich frage: »Hatten die damals im Osten alle schon Telefon?«
»Festnetz, Handys noch nicht, Festnetz die meisten. Die müssen 'ne Telefonkette gehabt haben. Wahrscheinlich beides: Verraten und Telefonkette. Auf einmal waren die da. Zuerst Steine, dann Keulen. Wir konnten nichts machen mit unserem kurzen Zeug.«
Der kleine Buckel auf seinem ansonsten makellosen Nasengrat stammt von damals.

—

Sie kriegten es richtig, wie es in der Schlägersprache heißt. Das was sie wollten, kriegten sie. Glücklicherweise warfen die Redskins nur mit Kieselsteinen aus den Blockeinfassungen und nicht mit Pflastersteinen. Als die Nazis fliehen wollten, merkten sie, dass ihnen ein anderer Haufen Redskins brüllend den Weg abschnitt. »Ihr braunen Schweine! Jetzt schlachten wir euch!« Mit dem Ruf »Deutschland verrecke!«

kesselten sie die Nazis zwischen zwei Wohnblöcken ein. Ein Kieselstein traf Klemens auf die Nase, sie blutete heftig. Mit gestülpter Unterlippe versuchte er das Blut aufzufangen. Er war der Erste, der aussah, als brauche er ärztliche Hilfe. Der Geschmack seines Blutes ließ ihn rot sehen. Mit gezückter Holzgranate sprang er auf drei Skinheads zu. Eine Keule stieß ihm in den Magen, er spürte einen verhallten Schlag auf dem Rücken und brach zusammen. Die Handgranate ließ er fahren, versuchte seinen Kopf zu schützen, erwartete weitere Schläge. Sie blieben aus. Harald gab mit »*Sieg* Heil!« das Zeichen zum Nahkampf. Ein Tosen und Brausen zwischen den Blöcken. Drei Fenster wurden geöffnet und gleich wieder geschlossen.

Wer die kürzeren Waffen hat, zieht binnen kurzem den kürzeren. Die Baseballkeulen prasselten auf die Nazis, sie konnten ihre Requisiten gar nicht einsetzen. Klemens hörte, wie Tim schrie: »Ausbrechen! Zurück!«, wollte aufstehen, wurde von seinen eigenen Leuten umgerissen und hörte, nach einem Tritt an den Hinterkopf auf die noch nicht verheilten Schlagringrisse, die Vöglein singen. Er machte sich ganz klein, wie ein Kind, das noch nicht geboren ist. So konnte er der Aufmerksamkeit seiner Gegner entrinnen, die sich auf die noch gangbaren Nazis zu richten hatte. An der Front zur Fernstraße konnten die Skinheads ihre Keulen nicht mehr einsetzen. Die Nazis drückten sich mit ganzer Kraft den Rückweg frei.

Hier waren Schlagringe gefragt, Stoßwaffen generell, selbst ein Teleskoptotschläger nützte nichts.
Johlend nahmen die Skinheads Verfolgung auf. Im Ohr des Ungeborenen entfernte sich das Ereignis. Er schaffte es, aufzustehen, schleppte sich Richtung Zuhause. Die vielen Tritte spürte er erst jetzt. Es war zum Weinen, aber er weinte nicht, er blutete, aus der Nase, am Hinterkopf, wahrscheinlich auch an den Schienbeinen. Die fühlten sich an, als wollten sie brechen. Dann müsste er nach Hause robben. Günter würde sich freuen, aber der wollte ja nicht mit. Und Tomas hatte Termine. Klemens krümmte sich, fingerte dabei nach dem Schlüssel in der Innentasche. Die hatte Reißverschluss. Vor dem Hauseingang übergab er sich, was auf eine Gehirnerschütterung hinwies. Die Treppen zum dritten Stock zog er sich am Geländer von Stufe zu Stufe. Sein Brustkorb tat ihm beim Einatmen weh. Er musste sich setzen, stützte sich mit den Ellbogen auf der nächsten Stufe ab, legte den Kopf in den Nacken. Sein ganzer Körper pochte vor Schmerz.
An der Wohnungstür steckte der Schlüssel von innen. Er klingelte, hörte eine Frauenstimme: »Wer ist denn da?«
»Ich, Klemens.«
»Welcher Klemens?«
»D ... Der hier wohnt.«
Sie öffnete jenen Spalt, den eine eingehängte Kette freigibt, sah das blutverschmierte Häufchen Unglück auf dem Trep-

penabsatz kauern und sagte schnippisch: »Ich hab mir dich irgendwie anders vorgestellt.« Er wankte in den Korridor. Sie legte los: »Also pass mal auf. Ich bin die Ina und eins kann ich nicht leiden, das sag ich dir gleich, schmier hier bloß nichts voll.« Sie überschüttete ihn mit Vorwürfen, als wäre er ihr Sohn, dem sie, nun da er geschwächt war, endlich mal die Meinung sagen konnte: Wenn er sich schon andauernd besaufen müsse, sei wohl das Jugendamt der richtige Ansprechpartner. Außerdem habe sie etwas gegen Glatzen, egal ob braun oder rot. Wer in der DDR groß geworden sei, sollte wissen, was die Nazis angerichtet haben.

Davon wusste Klemens nichts. Er konnte sich nicht aufrichten, sah nur Inas Füße in den Filzlatschen seines Vaters. Der stand in der Wohnzimmertür und sagte: »Du kommst wohl immer nur heim, wenn du kurz vorm Verrecken bist?«

Klemens stöhnte: »Ich will nur meine S ... Sachen holen.«

»Was denn für Sachen?«, fragte Ina empört. »Was denn für Sachen, hä?«

»Lehn dich nicht so an die Tapete!«, schimpfte der Vater.

Klemens schob sich an der Wand entlang bis zur Tür seines Zimmers. Sein Kopf tat am wenigstens weh, wenn er den Mund öffnete.

Ina zeterte: »Du brauchst gar nichts sagen, du hättest mal vorher was sagen sollen!« Und zum Vater sagte sie im Diskant: »Schatzi, das geht jetzt nicht.«

»Was geht nicht?«

»Der kann da nicht rein.«

Schatzi schnauzte Klemens an: »Hast du gehört?«

Der flüsterte: »S ... Sachen holen«, und rutschte zusammen.

»Der kann doch nicht hier liegenbleiben«, keifte Ina.

Mit dem Rücken gegen die Wand gelehnt, die Beine quer über den Korridor, hörte Klemens zu, wie sich die beiden über ihn lustig machten. Der Vater verhaltener als Ina, er bestätigte sie eigentlich nur. Die Einfälle kamen von ihr: »Das ist doch Tomatenketchup.«

Vater grunzte.

»Haben wir Pommes?«

Vater grunzte.

»Was steht da drauf?« Ina las den Text auf Klemens Aufnäher laut: »Deutschland den Deutschen.«

Vater: »Dass ich da nicht lache.«

»Wenn der so ist«, sagte sie, »musst du dich entscheiden.«

Klemens wusste, dass er kein Wort herausbrächte. Seine Zunge lag ihm wie ein Klumpen im Mund.

Ina sagte drohend: »Ich oder der!«

—

»Die hab ich gehasst, alle beide, du glaubst nicht, wie ich die gehasst hab. Meinen Vater noch mehr als die Schlampe. Die war wie 'ne Würgeschlange.« Klemens lehnt sich zurück und atmet sehr tief ein. »Die hatte ihren ganzen Krempel in meinem Zimmer. Am liebsten hätt' die's gehabt, wenn ich gar nicht wiedergekommen wäre. Und mein Alter auch. Der konnte endlich wieder ficken.«

Ich sage: »Sie hat ihm das Messer an die Eier gesetzt.«

»Gut gesagt«, sagt Klemens. »Der hat so was von rumgeeiert. Rausschmeißen konnte er mich ja nicht.«

—

Nachdem die beiden Erwachsenen eine unbestimmbare Zeit hinter verschlossener Wohnzimmertür aufeinander eingeredet hatten, ging der Vater ins Bad Wasser einlassen. Ina rannte mit Wäsche und Kartons durch den Korridor und stöhnte jedes Mal, wenn sie über Klemens Beine steigen musste.

»Pass mal auf! Da lasse ich eine Kiste drin. Da gehst du nicht ran. Wenn du da rangehst«, sie trat ihm gegen die Füße, »sind wir keine Freunde mehr.«

Diesen Tritt kriegte sie wieder. Nach einer Woche. Solange wohnte Klemens bei seinem Vater. Er war Ina in dieser Zeit nur dreimal begegnet, zweimal auf dem Korridor. Dafür hörte er sie jeden Morgen, wenn der Vater vom Wachschutz kam und jeden späten Nachmittag, bevor der Vater zum Wachschutz ging, in den höchsten Tönen »Schatzi« schreien.

Klemens blieb fast die ganze Woche im Bett. Stand er auf, drehte sich die Welt. Erst nach vier Tagen nahm er wieder feste Nahrung zu sich. Bis dahin konnte er nicht mal seine Musik hören. Bis dahin dachte er nicht daran, irgendjemand, geschweige denn Nazi zu sein. War er wach, dachte er an seine Freunde: Tim war auf alle Fälle ein Freund. Tomas auch, wenn auch keiner, mit dem man durch dick und dünn ging. Maik, klar, mit Maik konnte man das. Nicht allein zu sein, war sein Halt gegen den Gedanken, sich aus dem Fenster fallen zu lassen. »Geschlagen im Feindesland.« Das dachte er, als er am siebten Tag »Kampfhund« hörte. Erst leise, dann lauter, dann so laut, dass die Kopfschmerzen wieder schlimmer wurden. Und zwar am Morgen des siebten Tages, nachdem der Vater vom Wachschutz gekommen war und Inas »Schatzi« durch die Wohnung gellte. Klemens konnte noch lauter. In seinem Schädel hämmerte es, obwohl die Lautsprecher des Kassettenrekorders fast keine Bässe hatten. Als die Tür aufsprang, saß er auf dem Bettrand. Sein Vater baute sich im Morgenmantel mit Schlagstock bewaffnet vor ihm auf. Ina stöckelte in Reizwäsche herein, griff den Rekorder und sagte beim Hinausgehen: »Nazis raus.«

»Das mein' ich ernst«, sagte der Vater, schlug mit dem Schlagstock auf seine Handfläche und folgte ihr, ohne die Tür zu schließen. Es dauerte nicht lange, da gab Ina wieder den Ton an.

Klemens holte Papier aus dem Badezimmer und schiss in ihre Kiste. Seine Tasche hatte er schon gepackt. Es war Samstag früh, noch vor acht. Mit Redskins war nicht zu rechnen.

KAPITEL 5

Der Imperativ »Deutschland verrecke!« ist die letzte Zeile des Liedes »Deutschland muss sterben« der deutschen Punkband »Slime«. Ob sich der Textschreiber diese Aufforderung ausgedacht hat oder ob sie der linksextreme Volksmund in Abwandlung von »Juda verrecke!« prägte, ist ungewiss. Das Bundesverfassungsgericht hat entschieden, bei dem Lied handele es sich um Kunst. In der strafrechtlichen Würdigung wird der Text mit einem Gedicht verglichen, das zwar »ungleich bedeutender« sei: »Die schlesischen Weber« von Heinrich Heine. Doch der habe »eine kaum weniger radikale und bittere Kritik an den Zeitumständen« formuliert. Bei der verfassungsrechtlichen Einordnung komme es auf die »Höhe« der Dichtkunst nicht an. »Durch die Kunstfreiheit geschützt ist auch die Verbreitung des Liedes, also der Wirkbereich des Kunstwerks.«

Als ehemals von der Diktatur verbotener Sänger staune ich über den hiesigen Begriff von Kunstfreiheit. Er scheint rein gar nichts mit Verantwortung gegenüber denjenigen zu tun zu haben, die im Wirkbereich dem Kunstwerk ausgeliefert sind. Die Demokratie braucht viel Glück bei der Umsetzung der Verfassung in Wort und Buchstaben. Wir sahen beim Wortverwandten der Verfassung, dem V-Mann: Es kann auch in die Hose gehen!

Nun schon zum zweiten Mal, seit ich dieses Buch schreibe, wundert es mich, wie tief das Niveau des Streits darüber, was die bessere Gesellschaft sei, gesunken ist. Grell ist der Kontrast zwischen den Rändern: außen links »Deutschland verrecke!«, außen rechts »Für Deutschland! Sieg Heil!« Dazwischen sitzt der Bundestag und debattiert über die Ergebnisse des Ausschusses zur Untersuchung der Terrorzelle.

—

»Eine Bakterie?«, fragt Marvin.
»Nein«, sage ich. »Es wird nur Zelle genannt, weil eine Zelle so für sich ist.« Klingt unglaubwürdig. Ich zeichne ein Viereck. »Das ist eine Zelle.«
Er nimmt den Stift und malt ein Dach drauf. Mit jedem Fenster sieht es dem Geburtshaus der Zelle im sächsischen Zwickau ähnlicher. »Wir wohnen auch in einer Zelle.«
»Wir?«
»Wenn wir von innen zuschließen.«
»Und dann Terror machen?«
»Muss man in einer Zelle Terror machen?«
»In einer Terrorzelle, ja. Weißt du, was Terror ist?«
»Nein?«
»Terror ist Gewalt gegen jemanden, der die Gewalt nicht will.«
»Was ist Gewalt?«
»Wenn jemand einen anderen gegen dessen Willen beherrscht. Also wenn zum Beispiel die Hexe Hänsel in den Ofen schieben will, übt sie Terror auf ihn aus.«

»Und wenn Hänsel dann die Hexe in den Ofen schiebt?«
»Das ist Notwehr.«
»Aber die ist dann doch auch tot.«
»Ja. Schon. Aber was wäre mit Hänsel passiert, wenn er es nicht getan hätte.«
»Ja. Schon. Aber die Hexe ist tot. Für die Hexe ist es Terror.«
»Wahrscheinlich.«
»Die arme Hexe.«

Für gewöhnlich fühlt sich der Märchenerzähler ins Innenleben seiner bösen Helden viel weniger ein, als in das seiner guten. Er stellt die böse Tat in den Mittelpunkt, ohne zu erzählen, wie es dazu kommen konnte, dass der Täter zu tun imstande war, was im Märchen zum Bewährungsfeld des Guten wird. Wie in den Märchen, so in den Filmen. Selten erfährt man, warum der Böse so böse geworden ist. Er war schon immer so, ist böse auf die Welt gekommen, das hat er nun davon. Jetzt brennt er bis in alle Ewigkeit. So gerecht geht es nur in der Hölle zu.
Die Guten sterben gar nicht oder anders. Winnetou, zum Beispiel, stirbt im dritten Teil des Films in der Gewissheit, dass sein Volk friedlich weiterlebt. Während er in die Ewigen Jagdgründe eingeht, hört er Glockengeläute, obwohl weit und breit keine Glocken zu sehen sind. Er stellt es sich vor, beim Sterben, der Apache. Marvin hat geweint. Ich musste ihm sa-

gen, was er schon wusste, aber angesichts Winnetous Todes vergessen hatte: Das sei doch nur Film. Er wollte auf den Arm. Wie viel Trauer in so einen kleinen Kopf passt! Nun lag sie an meiner Schulter. Ich sagte: »Lass sie raus.« Das hat geholfen. Er weinte kurz und heftig, dann war wieder gut. Hat er über seine eigene Sterblichkeit geweint? Denn beim Gucken war er Winnetou und ich, ganz klar, Old Shatterhand. Vier Jahre waren vergangen, seitdem er im Lied der Kuckuck und nicht der Mann werden wollte. Durch meine Zustimmung zu richtigem Tun oder meine Abneigung gegen falsches Tun hat er die Richtung im Koordinatensystem zwischen Gut und Böse nicht verloren.

Auf dem Bürgersteig lag haufenweise Müll. Ein Passant sagte: »Na, das ist ja schön!«
Marvin sagte Minuten später: »Die Menschen sagen *schön,* wenn etwas nicht schön ist.«
Fortan fragte er häufig nach, was für mich schön sei? Er wollte mein Urteil über die Schönheit bestimmter Dinge wissen.
»Ist das schön für dich?«
Eigentlich dachte ich, es würde der Bildung seiner eigenen Urteilskraft besser tun, hielte ich mich mit meinem Urteil zurück. Doch er ließ nicht von der Frage ab, bis ich sie ihm beantwortet hatte, und er wusste, ob er mit seiner Auffassung von Schönheit oder Hässlichkeit richtig lag.

Gestern hat er eine Pokemon-Spielkarte in seiner Schultasche gefunden. Er konnte sich nicht erklären, wie sie dorthin gekommen war und zerriss sie wie nebenbei. Auf der Karte war eine gelbe Blase mit Gesicht abgebildet. Marvin sammelt Fußball-Karten. Find ich gut. Darauf sind sportliche junge Männer abgebildet, die gewinnen wollen, ohne etwas Böses im Schilde zu führen. Es ist noch das Beste von den Karten-Systemen, die auf dem Markt ihr kostspieliges Wesen treiben. Beim Betrachten der Fußball-Karten werden die Kinderseelen wenigstens nicht in eine Welt aus faulem Zauber hineingerissen, dem Werk der Hirnzellen von Ästhetik-Terroristen, deren Macht phänomenal um sich greift.

»Das willst du ihm doch nicht etwa kaufen?« Die Stimme des jungen Vaters klang aufgebracht.
»Es gefällt ihm.« Die junge Mutter hielt dem Einjährigen im Kinderwagen eine futuristische neongrüne Plastikfigur vors Gesicht. Der griff danach und wollte sie grad zum Mund führen, da nahm ihm sein Vater das Ding aus der Hand und stellte es ins Regal zurück. Im Augenblick heulte das Kind los. Er nahm es aus dem Kinderwagen, es wollte zur Mutter.
Mit triumphierendem Blick sagte die: »Du bringst es zum Heulen, und ich muss es trösten.« Sie versuchte, dem Kleinen das Ding wiederzugeben. Der Vater baute sich vor dem Regal auf. »Das kaufen wir nicht!«

»Dann heult er eben weiter.«
In der Kassenschlange heulte das Kind zwar nicht mehr, doch seine Eltern stritten sich immer noch, wenn auch so leise, dass man es nur als Vor- oder Hintermann verstehen konnte:
»Du kannst ihm doch nicht verbieten, wenn er mit was spielen will.«
»Bevor du es ihm vor die Nase gehalten hast, wollte er nicht.«
Offenbar hatte in diesem Fall der Vater mehr Verstand als die Mutter. »Das Ding ist hässlich«, sagte er, »damit soll er nicht spielen!«
Sie sagte: »Du denkst wohl, du kannst ihn retten?«
Wovor retten? War die Dummheit und der Blödsinn im Allgemeinen gemeint, die Welt als ein riesiger Bauernfänger? Dann wäre sie wissentlich deren Handlangerin gewesen – wahrscheinlich um den Kleinen schon mal daran zu gewöhnen, wovon er mit zunehmendem Alter umzingelt sein würde.
Der Vater schwieg und legte die Dinge auf das Förderband. Das neongrüne war nicht dabei. Davor hatte er den Sohn immerhin retten können. Der brauchte sich nun nicht mit einem hässlichen Plastikteil abzuplagen, womit weder im ästhetischen noch im haptischen Sinne voranzukommen wäre.

KAPITEL 6

Bei seinem Vater hatte Klemens verschissen. Im wahrsten Sinne des Wortes. Für alle Zeit. Wie er damals dachte. Alle Zeit dauerte siebzehn Jahre. Zum siebenundfünfzigsten Geburtstag des Vaters wird er wieder vor der Wohnungstür stehen, um ihm den Rekorder samt Musik zu schenken. Der Vater wird verwirrt sein und ihn hereinbitten.
»Nicht, dass du ein schlechtes Gewissen hast«, wird Klemens sagen, die Treppe wieder hinuntergehen und vor dem ersten Absatz hören, wie die Wohnungstür ins Schloss fällt.

—

»Grau und fett«, sagt Klemens. »Hab ich abgehakt. Was willst du von dem Mann erwarten? Das ist nämlich der Unterschied: Was *willst* du erwarten? Was *kannst* du erwarten? Weißt du, wie oft ich gewollt hab, dass der sich irgendwie um mich kümmert?«
Er sieht mich an, als könnte ich es wissen.
»Nicht ein einziges Mal«, sagt er lachend und schlägt spielerisch mit der Faust auf den wackeligen Caféklapptisch. »Noch nicht mal in der größten Scheiße.«
Ich sage: »Das hab ich mir von meinem auch nicht gewünscht. Aber ich wollte etwas von ihm, wovon ich nicht wusste, was es ist. Die ganze Zeit. Jetzt bin ich älter, als er geworden ist. Und da denke ich mir, es ist besser, wenn ich damit aufhöre.«
»Womit.«

»Etwas von ihm zu wollen.« Ich grinse ihn an. »Ob Ina noch ›Schatzi‹ schreit?«
»Bei irgendeinem sicher.« Klemens richtet den Mittelfinger der linken Hand auf, die rechte hält das Bierglas. Wir stoßen an.
Ich sage: »Auf das schöne Geschlecht!«
Er sagt: »Auf das Schöne.«

—

Vom Rückweg aus Feindesland gibt es nur zu berichten, dass Klemens seine Schultasche mit Ausweis und einer einstelligen Geldsumme im Schnee wiederfand. Seine Geburtsurkunde hatte er von zu Hause mitgenommen. Falls er irgendwann erklären müsste, dass es ihn gebe, würde er die Beweise problemlos beibringen können.
Er hatte auch sonst erst mal Glück, konnte wieder bei Tim einziehen und darauf hoffen, dass die Liebe zwischen Gunnar und seiner alten Flamme diesmal ewig hält. Gunnar war ausgezogen. Tim hatte gesagt: »Bis er wiederkommt, kannst du.«
Gewogen war er Klemens nicht gerade, als der bei ihm klingelte. In der Schlacht war sein Handgelenk unter einer Baseballkeule gerissen. Der Arm war bis über den Ellbogen eingegipst. Die ganze Meute hatte ihr Fett wegbekommen. Maik hatte eine Platzwunde und wurde am Schädel genäht. Harald lag mit Schlüsselbeinbruch im Krankenhaus.

Beim Auswerten, zwei Wochen nach der Niederlage, labte sich Tomas an seiner weitsichtigen Führungsposition: Er habe es vorausgesehen, es sei so gekommen.
Tim fuhr ihm in die Parade: »Und warum hast du nichts gesagt?«
»Ich hab's gesagt, aber du hast nicht hingehört. So was muss man morgens machen. Genauso wie verhaften. Morgens. Sehr früh. Wenn alle schlafen, ihr Schlafmützen.«
(Diesmal saß ich nicht am Tresen. Aber der Wirt wird die deutsche Musik wieder ausgeschaltet haben. Er kannte doch Tomas. Wenn der redete, musste Ruhe herrschen.)
»Das sagst du uns *jetzt!*« Tim kotzte es an, mit Gips herumzulaufen, damit alle sehen konnten, wie hoch er verloren hatte.
»Schnauze!«
Die älteren Neonazis, die, wie Gunnar, nicht mitgegangen waren, um dem Neuen die Sachen zu holen, wurden missmutig. Tomas sollte zu Ende reden und dann einen ausgeben. Ohne sein »Für Deutschland« konnten sie gar nicht so richtig »Sieg Heil!« brüllen. Wozu waren denn Kameradschaftsabende da? Brüllen, saufen, deutsch sein, einmal in der Woche mit den Kameraden einen Abend machen. Das ist es doch.

—

»Das ist es doch«, sagt Klemens, »die sind so wie du. Du bist genauso und lebst genauso. Und du kannst auch nirgendwo anders hin, weil, so wie du aussiehst, nimmt dich niemand. Denkst du. Du denkst, wenn du anders aussiehst, gehörst du nicht mehr dazu. Und denkst richtig. Du gehörst dann nicht mehr dazu. Aber du kannst dir das überhaupt nicht vorstellen. Du kannst dir auch nicht vorstellen, dass du zu anderen gehörst. Du bist richtig drin. Und ich war richtig drin. Von Anfang an. Ich war überall dabei.« Er klang etwas nach Kriegsveteran.

Ich sage: »Nicht überall.«

»Doch«, sagt er. »Ich war wie alle. Du hättest mich nicht von den anderen unterscheiden können. Hast du dir die mal angeguckt? Die sehen alle gleich aus. Wie Neger oder Asiaten auf den ersten Blick.«

Ich frage, ob er wisse, dass Vietnamesinnen, die in der DDR gearbeitet haben und schwanger wurden, abtreiben mussten.

»Hättest du mich vor zehn Jahren gefragt, hätte ich gesagt: Richtig so.«

»Völlig ohne Mitleid?«

»Mitleid. Wozu? Das macht doch nur schwach. Wenn es abgeht, darfst du kein Mitleid haben. Sonst kannst du gleich zu Hause bleiben.«

Ich sage: »Wenn du eins hast.«

Er sagt: »War 'n Spruch.«

Ich frage: »Hast du Rostock mitgemacht?«

»Klar. Rostock. Mit Tomas.«

—

Rostock-Lichtenhagen, August 1992, Zentrale Aufnahmestelle für Asylbewerber, die vor den Steinen ins sogenannte Sonnenblumenhaus flüchteten, einen elfgeschossigen Plattenbau, an dessen Fassade drei riesige Sonnenblumenblüten prangen. Der Mob raste. Es roch nach Benzin. Das benachbarte Asylbewerberwohnheim wurde angesteckt. Ein darin mit eingeschlossener ZDF-Journalist schrieb »in dieser Lage einen Abschiedsbrief an seine Frau«. (Mehr als dieser Satz ist über das hochbrisante Schriftstück leider nicht zu finden.)
Solche Gewalt hatte selbst eine kampfgeübte Hundertschaft aus Hamburg noch nicht erlebt. Auf einen zu Boden gegangenen Polizisten wäre eine Gehwegplatte geworfen worden, hätte nicht ein Kollege in die unteren Extremitäten des Angreifers geschossen.
Aus allen Bundesländern reisten die Terrortouristen an. Zum ersten Mal wurde ein Ereignis, das auf dem Territorium der Bundesrepublik stattfand, in der Presse *Pogrom* genannt.
Pogrom kommt aus dem Russischen und bedeutet ursprünglich Verwüstung, Unwetter. Es bezeichnet also etwas, wogegen man nichts tun kann. Das Selbst der Gewalt zeigt sein schreckliches Antlitz. Man hat keinen Einfluss darauf. Es macht, was es will. Wir haben Glück, wenn wir zur Zeit des Unwetters an einem anderen Ort sind, wenn die Verwüstung nicht über uns hinwegfegt.

Die Polizei hatte sich zurückgezogen und sah zu, wie das Feuer von Etage zu Etage stieg. Für Brandstiftung war offenbar die Feuerwehr zuständig, die eine Stunde nach der Feuerlegung immer noch nicht am Tatort eingetroffen war, weil die Feuerwehr nun wieder dachte, das Ganze sei Sache der Polizei. So jedenfalls muss es gewesen sein, als der ZDF-Journalist plötzlich auf jene Seite geraten war, über die er berichten sollte, und eine Ewigkeit keine Rettung kam.

—

Ich sage: »Ihr habt keine Ahnung vom Tod.« Augenblicklich fällt es mir schwer, Klemens' Nähe zu ertragen. »Ihr wisst nichts von dem, was ihr anderen zufügt.«
»Ich füge schon lange nicht mehr zu. Da besteh' ich drauf.«
»Den Moment hast du trotzdem auf dem Gewissen. Der hat mit Nazi nichts zu tun. Was seid ihr nur für feige Hunde!« Ich rege mich wieder ab. Die Kellnerin kommt an den Tisch, eine aparte Türkin, mit Augen so groß wie bestimmte Miesmuscheln.
»Möchten Sie noch etwas?«
»Zwei Bier«, sagt Klemens.
Sie gleitet davon.
Er sagt: »Ich war nicht feige. Das ist nicht feige, wenn du anders bist und anderen zeigst, dass sie abhauen sollen. Das ist was anderes, jedenfalls nicht feige. Du bist ganz nah dran am

Geschehen. Du bist selber das Geschehen. Du hast den Tod in der Hand.«

»Weißt du, wo du den Tod hattest? Im Kopf als braune Blase. Eine von Adrenalin und Dummheit berauschte Maschine. Ideologisch und kalt.«

»Soll ich mich jetzt schämen?«

»Und? Getroffen?«

»Du wirfst, dreißig Meter weiter bricht einer zusammen.«

»Hattest du schon mal einen Toten gesehen?«

Hatte er nicht.

—

Wäre ich nicht 1992 in Somalia gewesen, hätte ich bisher, in mehr als einem halben Jahrhundert, nur einen Toten gesehen, meinen Großvater, väterlicherseits. Mit neunzehn. Ich musste mich überwinden, den Leichenschauraum zu betreten und dachte: ›Das war der Opa.‹ Als es mir peinlich wurde, ihn weiter anzustarren, trat ich ins Freie des Friedhofs, atmete einmal sehr tief, wie ich es von meinem Vater kannte, wenn er sich seiner Lungenkrankheit bewusst wurde. Diese Krankheit war während meiner Kindheit immer anwesend. Die Strahlenkrankheit aus dem Uranbergwerk. Jeder wusste, dass sie zu frühem Tod führt. Doch es wurde nie darüber gesprochen. Der Tod war ein stummer Gast. Ich habe ihn geträumt und im Traum gesprochen: »Ich muss sterben.« Die Einsicht meines Traumbewusstseins blieb nicht folgenlos: Am nächsten Morgen musterte mich meine Mutter besorgt und ohne Worte.

—

Februar 2008, Algarve. Vor uns fuhr ein Leichenwagen.
Marvin, damals fast vier, fragte: »Ist da ein Toter drin?«
Als ich bejahte, war er sofort Feuer und Flamme.
»Ein richtiger Toter?«
»Wenn einer drin ist, dann ist er richtig tot.«
Entfernte sich der Wagen auf der kurvenreichen Landstraße, spornte Marvin mich an, schneller zu fahren. Ich versprach, den Leichenwagen zu verfolgen, bis der sein Ziel erreicht habe. Leider wurden wir in den Gassen von Monchique abgehängt. Beim Herumkurven kamen wir an eine Kapelle. Dort stand der Leichenwagen mit offenen Hecktüren. Es war kein Sarg mehr drin. Vor der Kapelle wartete eine Gruppe Trauernder. Marvin fragte, ob der Sarg jetzt in dem Haus sei, ließ meine Hand los, ging an den Trauernden vorbei in die leere Kapelle, über den roten Teppich zwischen den Stuhlreihen zum Sarg, der umkränzt vor dem Altar aufgebahrt war. Als wir für Sekunden still davor gestanden hatten, fragte Marvin: »Kann ich den Sarg mal anfassen?«
Bevor er die Hand ganz darauf legte, hielt er bei der ersten Berührung mit den Fingerspitzen inne, strich dann prüfend über das lackierte Holz. Das fremde Gefühl, was er der Berührung vorausgeahnt haben mag, stellte sich offenbar nicht ein.

Er sagte leise: »Ich will den Toten sehen.«
»Wir können den Sarg nicht aufmachen.«
»Warum nicht?«
»Er ist zugeschlossen.«
»Und wo ist das Schloss?«
Vorsichtig ging er um den Sarg. Es war an dem Ende, wo ich die Füße der Leiche vermutete, während Marvin es für das Kopfende hielt. Bis zum Erzählen vor dem Einschlafen wird er zu der Ansicht gelangt sein, dass eine tote alte Frau in dem Sarg gelegen habe. Er hatte es bei dessen Berührung gespürt. Da ich den Sarg nicht berührt hatte, war meine Ansicht, es sei ein toter alter Mann darin gewesen, bedeutungslos.
Wir verließen die Kapelle, kauften Lebensmittel ein, wollten eigentlich nach Hause fahren, zum Haus im Pinienwald, der von Prozessionsraupen befallen war. Es dämmerte. Doch wir kehrten zur Kapelle zurück, weil Marvin den Sarg noch einmal sehen wollte. Niemand stand davor, die Tür war verschlossen. Über der Stadt lag Glockengeläute. Ich sagte, dies seien die Glocken zur Trauerfeier. Marvin fragte, warum man feiern würde, wenn jemand gestorben sei.
Der Gottesdienst war gerade zu Ende gegangen. Die prunkvoll ausgestattete katholische Kirche war von Gemurmel erfüllt. Wir gingen zum Altar, vor dem eine schwarz gekleidete alte Frau kniete. Marvin fragte, warum sie dies tue? Ich sagte,

dass die große hölzerne Frau Maria sei, die Mama von Jesus, und dass die Frau auf den Knien Maria um etwas bitte, was ihr am Herzen liege.

»Lebt Maria noch?«

»Nein, sie ist schon seit zweitausend Jahren tot.«

Dann klingelte mein Telefon, ich musste die Kirche auf schnellstem Wege verlassen. Als ich wieder eintrat, kam mir Marvin entgegen und sagte: »Die Menschen spielen, dass Maria noch lebt.«

Prozessionsraupen hängen ihre Nester in die Pinien. Wenn man die fußballgroßen weißen Gespinste nicht beseitigt, bevor die Raupen schlüpfen, fressen sie den Baum kahl und ziehen zum nächsten. Ein meterlanger dunkelbrauner Strang kriecht flimmernd den Baumstamm herab. Sie sind unersättlich und schießen bei Gefahr Stachel ab, deren Gift zu hohem Fieber oder gar zum Tod führt. Es soll einen Trick geben, den Zug von seinem Ziel abzubringen: Wenn man ihm den Anführer nimmt, kriechen die Raupen im Kreis.

Unser Gastgeber wählte die Methode des Feuertods. Völlig vermummt und fluchend schaufelte er die Prozession auf den Scheiterhaufen. Marvin stand in gebührendem Abstand daneben und bewunderte ihn. Er hatte die weißen Baumleichen gesehen und hasste die Raupen abgrundtief.

Wir waren schon wieder einige Wochen in Berlin, als er sagte:

»Es wäre schön, wenn vor uns auf der Straße einer tot umfallen würde.«
»Warum?«
»Da könnten wir einen richtigen Toten sehen.«

—

Im August 1992 flog der damalige Bundesinnenminister Seiters »für die politische Schadensfeststellung« (Kommentar Spiegel TV) nach Rostock. Dort sagte er: »Ja, sicherlich, nach übereinstimmender Einschätzung, ein Vorgang, der das deutsche Ansehen in der Welt sch ... beschädigt. Der auch geeignet ist, das Bild vom ausländerfreundlichen Deutschland zu trüben und zu beschädigen, das wir ja auf jeden Fall erhalten wollen.«
Fast wäre ein Wohnheim voller Menschen abgebrannt. Doch der Bundesinnenminister redet über deutsches Ansehen und Bild von Deutschland. Auch das ist Politik, mein Kind. Etwas, das keine Angst zu haben braucht.
Als Polizei und Feuerwehr die Vietnamesen samt ZDF-Team endlich evakuiert und in Sicherheit gebracht hatten, richteten die jungen Männer ihre Angriffe gegen jene, die ihnen ihre Beute weggeschnappt hatten. Es gab mehr Verletzte auf Polizeiseite als auf Seiten der Rechtsextremen, die bei Weitem nicht alle kahlrasiert waren. Viel Volk lief zusammen. 3000 »Schaulustige« hieß es in der Berichterstattung. Doch sie schauten nicht nur, sie brüllten auch lustig mit: »Deutschland

den Deutschen! Ausländer raus!« Um sich der Polizei zu entziehen, verschwanden die Täter immer wieder in der Menge, »deren Rolle bis heute umstritten ist« (Spiegel TV).

Sie spielte gar keine Rolle. Sie brauchte nicht zu spielen, um einmal öffentlich das sein zu können, was sie war: eine sich entladende Masse, aufgeladen von den Unsicherheiten ihrer Zeit, enttäuscht von den Verheißungen des Westens. Der Satz »Da ist auch nicht alles Gold, was glänzt!« wurde damals so oft gesprochen wie sicherlich nie zuvor in der deutschen Geschichte. Worte wie *Ossi* und *Besserwessi* gehörten zur Identitätssuche des neuen deutschen Volkes. Der Ossi, schon von den Russen unterdrückt, konnte seine Stachel endlich weitergeben. Die Euphorie über Freiheit und D-Mark war verebbt, heran flutete etwas, das nicht ins Bild vom ausländerfreundlichen Deutschland passte.

Die Massenausschreitungen vom Anfang der neunziger Jahre waren die Nachwehen der Diktatur oder anders ausgedrückt: der kriegerische Punkt auf dem I der friedlichen Revolution.

»Wir sind das Volk«, »Wir sind ein Volk«, »Deutschland den Deutschen! Ausländer raus!«

Letzter Ruf kam übrigens von Tomas. Einer musste der Erste sein. Der Chefideologe verlieh der Stimmung das Motto. Die Reichsführung konnte stolz auf ihn sein. Alle brüllten mit. Wie im Fußballstadion, nur noch um einiges fordernder und rhythmisch akkurater. Als hätte jeder für sich vorher zu Hause geübt, nachdem jeder für sich das tägliche Informationspensum verdaut und seine Schlüsse gezogen hatte.

—

Noch bevor Tim der Gips abgenommen wurde, kam Gunnar zurück. Klemens zog zu Werner, dann zu Maik, dann zu Harald... Es ging reihum, von einer Hitlergedenkstätte zur anderen.

Seinen Vater sah er nur einmal im Schützenverein, als das Training vom Freitag auf den Montag verlegt worden war. Sie taten beide so, als hätten sie den anderen nicht bemerkt.

Am Ende der neunten Klasse brach Klemens die Schule ab und lernte Maurer. Nach einem Jahr wollte er die Lehre schmeißen, doch Tomas verbot es ihm. Ein Deutscher brauche einen Beruf und Maurer sei ein guter deutscher Beruf. Außerdem mache Arbeit frei. Deutsche Männer brauchten Zucht und Ordnung, sonst wären sie nicht mehr wert als asoziale Elemente, Schmarotzer am Volkskörper. Tomas kassierte zwar selber Arbeitslosengeld, doch nur, um Zeit für seine Aufgabe zu haben, die ihn ganz in Anspruch nahm, wofür er einen Adjutanten brauchte. Tim grinste schon lange nicht mehr, wenn er Klemens mit Tomas' Aktentasche sah. Nachdem sich Tomas einen Schäferhund zugelegt hatte, ging Klemens mit Rex Gassi, wenn der in der Klause unruhig wurde. Tomas setzte seine rechte Hand auch für Propagandazwecke ein. Vor der Landtagswahl 1994 musste

Klemens die Kameraden in Tomas' Auftrag agitieren, zur Wahl zu gehen und DVU zu wählen. Bei einigen Kameraden kam er damit gar nicht gut an. Mit Politik wollten die nichts zu tun haben. Einer sagte, Demokratie sei Judenscheiße. Oder habe er Tomas da falsch verstanden? Klemens konnte nichts erwidern. Es stimmte: Laut Tomas war das die Demokratie. Laut Tomas war der jüdisch-bolschewistischen Weltverschwörung nur durch aktive Gegenwehr beizukommen. Auf Klemens' Nachfrage winkte er ab. Er hatte sich daran gewöhnt, dass die meisten Kameraden für strategische Ziele nicht zu gebrauchen waren. Aus seiner Aktentasche zog er einen Stapel Werbeblätter und Aufkleber der Partei. Klemens musste sie an die Kameraden verteilen. Zwar fühlte er sich dabei wie ein Laufbursche, doch auf den Gedanken, Tomas' Befehle zu ignorieren, kam er deshalb trotzdem nicht.

—

»Ich brauchte das«, sagt Klemens. »Ich musste wen über mir haben. Sonst wäre ich abgestürzt.«

»Wohin hättest du denn noch stürzen können?«

»Das geht tiefer. Der hat mir ne Wohnung besorgt. Das war zwar ein Loch, aber immerhin, du hast ein Dach überm Kopf. Ist viel wert. Paar Schwarzjobs hat er mir besorgt. Kein Bier vor acht. Das ging. Aber dann ist er nach Berlin gegangen und dann wurd's öd.«

Zynisch frage ich: »War nach Rostock nichts mehr los?«
Zynisch antwortet er: »Du kannst doch nicht immer was los machen.«

KAPITEL

7

Auch der Neonazi hat Alltag, den er, wie mir Google jüngst enthüllte, mit allerlei Narreteien verbringt. Meine Ex-Schwiegermama hat meinen Roman »Der Narr« verliehen und nicht zurückbekommen. Sie hätte ihn gern. Er sei vergriffen. Wir wissen, dass ich ein iPhone habe. Ich google aus der Hüfte, finde einige gebrauchte Exemplare für den Neupreis (wie seinerzeit beim Trabbi), tippe auf die Seite der Suchmaschine, wische herunter.

»Essen: Brauner *Narr* hielt die Standarte

16. Februar 2012 – *Krawczyk* nimmt regelmäßig an kundgebungen der NPD in essen teil, seit 2011 ist ... «

Touch.

»Wie kürzlich bekannt wurde, ist der essener JN-Vorsitzende Tristan *Krawczyk* im karnevalsverein ›Fanfarencorps Grün-Weiß essen Burgaltendorf‹ aktiv.«

Abgesehen von der gewöhnungsbedürftigen Groß- und Kleinschreibung im Netz ist der Artikel schon wegen eines närrischen Genetivs lesenswert: »Die Antifa Z fordert in einer Pressemitteilung den Rauswurf des Narrens.« Besonders schockierend sei für die Pressesprecherin die Tatsache, »dass auch viele Kinder und Jugendliche in dem Burgaltendorfer Karnevalsverein aktiv sind und dort mit der neonazistischen Ideologie Krawczyks konfrontiert werden könnten. Die Aktivitäten der rechtsterroristischen Gruppierung ›Nationalsozialistischer Untergrund‹ und die zahlreichen Todesopfer neonazistischer Gewalt zeigen, wie gefährlich dieses Gedankengut ist. Für die Vereinsleitung sollten die Konsequenzen klar sein: Krawczyk muss von allen Aktivitäten des Fanfarencorps ausgeschlossen werden.«

In den letzten Tagen hörte ich in den Nachrichten mehrmals die Abkürzung NSU und musste mir zusammenreimen, dass es sich um dasselbe handelte, was noch vor einem Monat Zwickauer oder Thüringer Terrorzelle hieß. Ich hatte schon gegoogelt, kam aber über eine Automarke nicht hinaus. Es heißt also ab jetzt »Nationalsozialistischer Untergrund«. Gut zu wissen. NSU. Da steckt ein Personalpronomen drin.

Der Verein war schon vor der Pressemitteilung von Krawczyks Neonazi-Aktivitäten informiert worden, »hat aber nicht reagiert, das hat vermutlich auch damit zu tun, dass praktisch die gesamte Familie Krawczyk in dem Verein aktiv ist«.

Ganz unten steht:

»Update: Der braune Narr wurde mittlerweile aus dem Karnevalsverein rausgeworfen. (Dank an Informer für den Hinweis)«

Der arme Krawczyk. Jetzt darf er nicht mehr herumtollen während der närrischen Zeit, wird isoliert von seiner Familie, ist wahrscheinlich im Schützenverein, hat Waffen im Schrank. Eine Psychologin war die Pressesprecherin nicht gerade. Wenigstens hat er seine NPD-Jugend und -Kundgebungen, sonst käme er womöglich auf noch dümmere Gedanken, als er sie ohnehin schon hat.

Fand sich nicht ein einziger im ganzen Corps, der für ihn gebürgt hätte? Nicht mal seine Familie? Warum hat der Vereinsvorsitzende auf die erste Info nicht reagiert: »Wir haben mit Krawczyk geredet, er will hier nur lustig sein. Sollte er mit Kindern und Jugendlichen reden, werden wir einen Gewährsmann daneben hinstellen, der Krawczyk sofort ins Wort fällt, falls seine neonazistische Ideologie ausbricht«?

Was sind das bloß für Narren, die einen der Ihrigen in die Wüste schicken? Und was ist das für eine Pressesprecherin, die dem Tristan seinen familiären Ausgleich nicht gönnt?

Noch ist die NPD eine demokratisch gewählte Partei. Schon wird in den Nachrichten darüber diskutiert, ob der Verfassungsschutz seine V-Männer aus der Parteispitze abziehen sollte. Die NPD wird kurz vor ihrem Verbot zum ersten Mal selbstbestimmt sein. Sonst hat immer der Verfassungsschutz mitgemischt: mit seinen V-Männern, über die es absurderweise keine Comics zu geben scheint.

Gesetzt den Fall, das Verbotsverfahren gelänge. Dann kann man der NPD nur raten, sich als Karnevalsverein neu zu gründen. So ähnlich hat es die SED auch gemacht.

—

Was soll schon losgewesen sein in Meckpomm? Im Wehrsport ging der Nahkampf los, im Schützenverein ging eine Pistole von alleine los, ab und zu mal eine Demo mit Keilerei, Klause, ab und zu mal nach Störkraft oder Kraftschlag fah-

ren, die Sau rauslassen, ab und zu Fidschis erschrecken. Parolen brüllen. Arbeitsamt, Sozialamt. Saufen. Keine Mädchen. Von Tag zu Tag blöde quatschen. Ab und zu mal Schmierereien und schlechte Presse. Tim war wegen einer Beziehung abgesprungen, wie Gunnar, der sich eine modische Jacke gekauft hatte, weil es seine Beziehung so wollte. Maik war nach Burgaltendorf gezogen. Harald und Klemens standen vor dem Bahnhofseingang und schwiegen. Da kam ein Neger des Wegs. Sie warfen ihm böse Blicke zu. Er verschwand im Gebäude. Sie schauten sich an und nickten verschworen. Auf dem Bahnsteig ging Werner dicht an dem Neger vorbei. Einschüchtern!, hatte Tomas gesagt, damit sie nicht mehr wiederkommen. Nur ein abreisender Neger sei ein guter Neger. Präsenz zeigen. Deutsch sein. Geduld, verrat'ne Brüder!
Der Neger kam am nächsten Morgen wieder. So wiederholte sich die Szene mehrmals wöchentlich. Bis eines späten Nachmittags der Neger im norddeutschen Dialekt sagte, er arbeite hier bei einer deutschen Firma und finde, Adolf Hitler sei ein starker Mann. Fortan grüßte er. Unsere Skinheads konnten ihn gar nicht mehr so richtig hassen. Er war eine Ausnahme. In der Regel grüßte niemand.

Steckte Klemens in seinem Loch zwischen all dem nationalsozialistischen Schnickschnack, den er über die Jahre angesammelt hatte, kam er sich ab einem bestimmten Alkohol-

spiegel wie der Hitlerjunge Quex vor. Er hatte das Video zum zwanzigsten Geburtstag von Tomas geschenkt bekommen. Das Lied im Vorspann sang er mit, egal wie besoffen er war. »Unsre Fahne flattert uns voran. / Unsre Fahne ist die neue Zeit. / Und die Fahne führt uns in die Ewigkeit. / Ja, die Fahne ist mehr als der Tod.«
Quex verlässt seinen Vater, kommt unter die Obhut der Bewegung und stirbt dafür. Die Kommunisten erstechen den Jungen, als er Wahlkampfzettel für die NSDAP verteilt. Seine letzten Worte: »Unsere Fahne flattert uns voran.« Glocken läuten nicht, dafür schmettert das Lied im Abspann. Falls Klemens noch stehen konnte, stand er auf und hob den rechten Arm. War er in Stimmung, fiel er bei leiser deutscher Musik ins Delirium. Eines frühen Morgens erwachte er, alles klebte und stank. Im Schlaf hatte er sich erbrochen. Immerhin ahnte er dadurch, dass ihm eine Veränderung nicht schlecht täte.

Anfang August 2000. Klemens fuhr zum ersten Mal wieder nach Berlin. Er war schon öfter durchgefahren, wenn er mit den Kameraden zu deutschen Konzerten nach Sachsen und Brandenburg reiste. Beim Umsteigen hatte er auch schon auf dem Bahnsteig im Ostbahnhof gestanden und Parolen gebrüllt, dass die Halle nur so hallte. Aber die Stadt war ihm egal gewesen. Es hätte sonst wo sein können. Sie waren mindestens ein Dutzend Skinheads. Das wirkte, egal an welchem Ort.

—

»Ich war nicht ich«, sagt Klemens. »Ich war immer wir. Das ist das ganze Geheimnis. Ich war vielleicht nur in meinem Loch ich. Und da war ich noch nicht mal ich. Da war ich so was«, er trinkt einen Schluck, »Zusammengerührtes.«
Ich frage: »War überhaupt was von ich da drin?«
»Klar«, sagt er, »Körperkraft.« Er trinkt. »Und Dummheit. Du glaubst nicht, wie dumm ich war.«
Doch, ich glaube ihm, und erinnere an unsere erste Begegnung in der Sportbar vor fast zehn Jahren. Da war er schon wieder zwei Jahre in Berlin.
Dass wir heute zusammensitzen, ist seiner Tätowierung am Ringfinger zu verdanken, die er mittlerweile unter einem stattlichen silbernen Löwenkopfring versteckt. Marvin war beim Fahrradfahren im Kiez gegen einen Kinderwagen gestoßen, nachdem er behauptet hatte, er könne einhändig fahren. Das Kind im Wagen schlief weiter, Marvin lag unter dem Fahrrad und jammerte. Ich rannte hin, ein Mann sprang hinzu, wir bückten uns gleichzeitig zum Fahrrad. Das Wehrmachtskreuz. Wie muss eine deutsche Frau sein? Marvin riss sich zusammen. Eine Fingerspitze blutete. Ich nahm sie in den Mund. Der hilfsbereite Mann wandte sich zum Gehen.
Ich fragte: »Warst du mal im Proppen?«
Wäre Marvins Oma nicht dabei gewesen, hätten wir die Telefonnummern nicht ausgetauscht. Sie ging mit dem Verun-

glückten schon mal vor, Richtung Heftpflaster.
»Das war meine schwärzeste Zeit. Als wir uns im Proppen getroffen haben. Da war die braune schon vorbei.«
Ich frage nach Tomas.
Klemens hatte ihn nur einmal gesprochen, nach Ankunft auf dem Ostbahnhof, am Telefon. »Ein Kameradenschwein. Dem bin ich jahrelang gefolgt.« Über seiner Nasenwurzel kerben sich zwei Ausrufezeichen. »Wenn der nicht in Berlin gewesen wäre, wäre ich doch gar nicht hergekommen. ›Die Zeiten sind vorbei‹, hat er gesagt. Dass es sinnlos ist, wenn wir uns treffen. ›Geh nach Schweineöde‹, hat er gesagt. Schweineöde?«
»Schöneweide. Und was er macht, hat er nicht gesagt?«
»›Eine GmbH‹, hat er gesagt. Ich hab den nie wiedergesehen, auf keinem Treffen. Von FDJ über Gauleiter zur GmbH. Der hat die Sackgasse eben schon eher erkannt: Wenn du älter wirst und immer noch in der Soße rumhängst. Sagen wir mal in der Welt, in der normalen Welt kriegst du als Nazi kein Bein auf die Erde. Der hat die Kurve gekratzt. Ich, dreiundzwanzig, total grün hintern Ohren. Bei Knarren kannte ich mich aus. Und bei den deutschen Tugenden. Saufen. Rummotzen. Nationaler Sozialismus! Wenn du's dir mal überlegst, rein logisch: Die ganzen Fremden weg und hoch die Tassen. Klingt gut.«
Ich sage: »Wenn wir erst mal unter uns sind, können wir die Probleme lösen. So?«

»Weil die Einheimischen dieselbe Art haben.«
»Wie Skinheads und Redskins.«
»Dieselbe Art. Beide wollen sich schlagen.«
Relativ versonnen schaut Klemens zur Kellnerin, die den Nachbartisch abwischt. Er sagt: »Wenn du ein Mädchen hast, bist du nicht so penetrant, aber wenn du kein Mädchen hast, bist du penetrant.«
Ich frage: »Wann hattest du dein erstes?«
»Für länger oder nur so einmal?«
»Nur so einmal.«
»Da war ich achtundzwanzig.«
»Echt?«
»In echt.« Er lacht. »Ich hatte nur eine.«
Instinktiv fällt mir meine Mutter ein, die auf dem vorletzten Krankenlager damit angab, in ihrem Leben nur einen Mann gehabt zu haben, was von einer der beiden alten Frauen, mit denen sie das Zimmer teilte, nicht unkommentiert blieb. »Selbst dran schuld.«
Die Bemerkung liegt mir auf der Zunge. Ich frage: »Hast du sie noch?«
»Willst du mich aushorchen?« Er schmunzelt vielsagend. »Ich bin jedenfalls gleich nach Schweineöde. Wo musst du dich hinstellen?«
»An den SS-Bahnhof.«
»Kaum hatte ich meine Tarnung für unterwegs, mein Basecap

abgenommen, war ich einer von ihnen. Mit normalen Klamotten. Okay, Springerstiefel. Aber neutrales T-Shirt. Ich hab gefragt: ›Denkt ihr deutsch?‹ Ganz einfache Codes. Musst sie nur kennen. Das kannst du auch. Geh mal hin.«

Zum wiederholten Male zieht er mich damit auf, dass ich mir deshalb alles von ihm erzählen ließe, weil ich mich nicht traute, selbst in die Szene einzutauchen. Tatsächlich, und damit kontere ich zum wiederholten Male, habe ich dies zu keinem Zeitpunkt vorgehabt.

»Schon war ich wieder drin«, sagt er und fragt: »Denkst du deutsch?«

»Ich denke auf Deutsch.«

Er schüttelt den Kopf. »So kommst du da nicht rein.«

—

Schon nach dem ersten Abend hatte er sein eigenes Zimmer. In einer Kameradenwohngemeinschaft. Er fuhr nur noch einmal nach Meckpomm, um Klamotten und Kleinodien aus seiner Reliquiensammlung zu holen. Auf dem Bahnhof war niemand von der alten Clique. Klemens brauchte sich nicht zu verabschieden. Bevor er in den Zug stieg, spuckte er demonstrativ auf den Bahnsteig.

Seine erste Feier in Berlin fand wenige Tage später statt, anlässlich der Versenkung des russischen U-Boots Kursk durch ein 1944 im Nordmeer verschollenes U-Boot der Kriegsmarine. Die Passanten am SS-Bahnhof beschleunigten ihre Schritte, wenn die Neonazis beim Bierbüchsenanstoßen »U-703! Sieg Heil!« brüllten.

Am Abend wurde die Siegesfeier in den Treptower Park verlegt, um das Ehrenmal des sowjetischen Soldaten zu verschönern. Aber weil niemand einen Edding dabei hatte, kratzte Klemens mit den Absätzen seiner Springerstiefel ein unübersehbares Hakenkreuz in den Kies vor dem Eingang. Als Neuer hatte er sich hervorzutun. Angesoffen und voller Tatendrang pisste er unter dem Jubel der Kameraden gegen einen Sarkophag auf der Anlage. Es gab zu dieser späten Stunde keinen Besucherverkehr, sonst hätte er Streit gesucht. Bei deutscher Musik lagerten sie unter einer deutschen Eiche, bis das deutsche Bier und der Doppelkorn alle waren und sie grölend zur S-Bahn-Station Treptower Park zogen.

Auf dem Bahnsteig standen zwei junge Männer. Als sie die Nazis kommen sahen, lösten sie ihre Hände und traten einen Schritt voneinander zurück. Klemens hatte es bemerkt und brüllte: »Das sind schwule Schweine.« Die Truppe setzte sich in Bewegung. Der Bahnsteig hatte nur einen Zugang.

»Die schnappen wir uns!«

Den Beiden blieb nur der Fluchtweg über den Gleiskörper in den Treptower Park, wo sie sich im Gebüsch versteckten. Klemens wollte hinterher, doch die Truppe hatte keine Lust und wollte nach Hause. Die S 9 kam in drei Minuten.

—

»So besoffen wie ich war«, sagt Klemens, »hab ich die agitiert. Das sei Pflicht für uns als SA, Schwule aufzukloppen. Der Tomas in mir hat gesprochen. Ich hab nicht gestottert, nicht ein Mal. Aber die waren nicht zu motivieren. Das war schon Generation Playstation 1.«

»Ein Hoch auf die Playstation 1!«, rufe ich einigermaßen entrüstet und frage, ob er einen Zusammenhang zwischen Kriegsspielen und Gewaltbereitschaft sehe, über dessen Möglichkeit seit Jahren spekuliert werde.

»Klar«, sagt er, »du wirst, was du siehst. Und was siehst du? Du sitzt im Hubschrauber und wirst solange beschossen, bis dein Punktekonto leer ist. Dann stürzt du ab. Und danach kannst du neu laden. Jeder Absturz bleibt folgenlos. Du kannst tausendmal abstürzen, es geht immer wieder los. Völlig folgenlos. Jedem Ende wohnt ein Anfang inne. Hesse, meine Fresse.«

»Das hat der anders gemeint.«

»Stimmt immer noch.«

Hesse hat sich schreibend Hoffnung gemacht. Auf virtuelle Spiele angewendet, hat der Satz einen zynischen Klang. Aktuell warten die Fans auf Playstation 4. Die Folgenlosigkeit entwickelt sich weiter.

Angeödet frage ich: »Hast du etwa zu lesen *angefangen?«*

»Langsam, aber sicher«, antwortet er grinsend, »im wahrsten Sinne des Wortes. Vielleicht ein Jahr, nachdem wir uns im Proppen getroffen haben. Weißt du, was mein erstes Buch war?«

»›Mein Kampf‹«, sage ich, »von Adolf Hitler.«

Seine Augen blitzen in Streitlaune. Durch meine Bemerkungen fühlt er sich auf die alte Zeit festgenagelt. »Nein, das wäre schiefgegangen. Ich hab mal die erste Seite gelesen. Lange Sätze. Zu lesen angefangen. Ich konnte lesen, klar, aber nicht richtig flüssig. Wenn du nie liest? Wenn du immer nur dummes Zeug quatschst? Immer in eine Richtung? Dass ich überhaupt an das Buch gekommen bin, ist ein Wunder.«

Ich sage: »Die Bibel!«

Er sagt: »Drei lustige Gesellen.«

Ich hebe das Bierglas auf sein Wohl. »Welcher Band?« Die vier Bände unter diesem Titel gehören für Marvin und mich seit Jahren zum Vorleserepertoire.

»Zwei.«

»Der mit den Ratten.«

»Und den Katzen.«

»Aber erst am Schluss.«

Klemens kennt die ganze Geschichte von den drei Wichtelmännern, die sich in Band Eins zufällig begegnen und fast vier abenteuerliche Bücher lang daran gehindert werden, gemeinsam ans Meer zu fahren, um, unter anderem, am Strand kühle Limonade zu genießen oder sich in den Sand einzugraben.

—

Ein Junge in Marvins Alter sprach ihn am SS-Bahnhof an: »Kann ich mal sehen?«

Klemens war milde gestimmt. »Was willst'n sehen?«

»Ist die aus Eisen, deine Kette? Oder ist das Stahl?«

Klemens hatte mehrere Ketten. Er beugte sich herab. Der Junge tippte auf eine Edelstahlhalskette.

Davon hatte Klemens auch mehrere. »Und?«

Den Blick starr auf das Objekt gerichtet, sagte der Junge: »Genau so eine suche ich.«

Es war das erste Kind, das Klemens seit seiner Kindheit angesprochen hatte. Er sagte: »Umsonst ist der Tod.«

Geld hatte der Junge keins dabei. Er kramte ein Buch aus seiner Schultasche und sagte, einer von den Dreien, um die es da gehe, habe auch Glatze. Klemens konnte nicht Nein sagen. Er nahm seine Kette ab und gab sie dem Jungen mit der rechten Hand, während seine linke das Buch griff, ein Handel ohne Wenn und Aber. Der Junge zog ein verchromtes Metallstück aus der Hosentasche, fädelte es an die Kette. »Thors Hammer«, sagte er bedeutungsvoll und gab Klemens das Schmuckstück zur Begutachtung. Der wog es in der Hand, hielt es sich dichter vor die Augen, als es notwendig gewesen wäre. Seine Hand zitterte. Der Junge fragte, ob er krank sei?

Klemens antwortete, wie er später sagt, völlig idiotisch: »Ich bin deutsch. Das ist Thors Hammer.«

Der Kettenverschluss bestand aus einem für Kinderdaumen schwer zu bewegenden Karabinerhaken. Als sich der Junge die Kette umlegen wollte, brauchte er Hilfe. Der Haken war für Klemens kein Problem, doch die Öse in den Haken zu manövrieren schon. Der Junge fragte ungeduldig: »Kennst du deine Kette nicht?«
Als Klemens endlich »So!« vermelden konnte, hüpfte der Junge davon.
Um diese Zeit wäre unser Held Frühstücksbier einkaufen gegangen, es war früher Nachmittag. Er stand wie angewurzelt mit dem Buch unterm Arm, sah in jene Richtung, in der das Kind mit Thors Hammer schon lange verschwunden war und empfand sich in einer Weise als schwach, wie er sich im Kinderheim schwach gefühlt hatte, lange vor der Pubertät, beschämend schwach. Ideale Bedingungen, um in den Rausch zu entschwinden. Doch Klemens entschwand nicht im Rausch. Er setzte sich mit Coladose, Brötchen und Zigaretten auf eine Bahnsteigbank und blätterte. Der Wichtelmann namens Halbschuh hatte Glatze. Er trug Schuhe mit abgeschnittener vorderer Hälfte. Moosbart hatte einen Bart, in dem Beeren wuchsen. Muff bestand aus einem Muff. Auch Ratten waren abgebildet, böse Ratten, mit Blicken wie die Ratte auf dem Judenplakat.
Es ist dem Geschick des Autors Eno Raud zu danken, dass Klemens lesend über die erste Seite hinauskam. Allerdings

hat sie nur zehn Zeilen. Doch die haben es in sich: Drei lustige Gesellen stehen an einer Weggabelung und konstatieren angesichts der beiden sich plötzlich eröffnenden Möglichkeiten ihre »tatsächlich« schwierige Lage.
Hob Klemens den Blick von seiner Lektüre, begegneten ihm erstaunte Blicke. Ein lesender Neonazi war selten auf dem SS-Bahnhof. In dessen Hinterland fand er am selben Abend einen hüfthohen Stapel Gleisbohlen, die noch warm waren vom Sommertag. Und als er sich langsam aber stetig durch die Welt der beherzten achtungsvollen Männchen las, musste er immer wieder an den Jungen denken und an Thors Hammer in der Hand, die zitterte, wenn er sie vor sich schweben ließ, wie die Hand eines alten Mannes. Er ging nach Hause, sagte den Kameraden, er sei krank, zog sich in sein Zimmer zurück. Das hölzerne Hakenkreuz über dem Obstkistenaltar mit der Gipsbüste des Führers hing wie ein Vorwurf an der Wand, wenn die Buchstaben zu tanzen begannen und Klemens vom Text aufsah.

—

Seine Faszination für den neuen Raum, zu dem ihm der Junge die Tür geöffnet hat, erinnert mich an meine erste Begegnung mit der Gitarre, eines Winterabends im vom Schein der Korridorlampe durch das Türoberlicht erleuchteten Kinderzimmer. Da war ich knapp fünfzehn. Die Gitarre hatte mein großer Bruder aus dem Internat mitgebracht. Ich nahm sie zur Hand und konnte ad hoc Hänschen klein auf der hohen e-Saite spielen. Es klingt wenig, doch für mich hat sich dadurch eine Welt eröffnet, in der ich mittlerweile beheimatet bin.

—

Klemens' erster Entschluss in die richtige Richtung betraf das, was ihn mit Halbschuh gleichmachte, der übrigens deshalb die Schuhe halbiert trug, um seinen Zehen möglichst große Bewegungsfreiheit zu gewähren. Klemens rasierte sich nicht mehr, weder auf dem Kopf, noch im Gesicht. Den Kameraden sagte er, er wolle Zeckengebiet inspizieren. Als die Tarnung hinreichend gewachsen war, machte er sich auf den Weg in jene Satellitenstadt, wo er und Enrico sich die Köpfe einst kahl rasiert hatten.

Auf dem Gelände der Kleingärten standen Einfamilienhäuser. Anstelle des Blocks, in dem die Haartracht fiel, war ein Supermarkt mit Parkplatz. Neben der Bushaltestelle stand ein Dönerimbiss. Klemens musste sich orientieren. Die Blocks waren in verschiedenen Farben gehalten. Es gab Bäume. Er war im Winter weggezogen. Jetzt ging er in T-Shirt und Jeans, ohne Ketten und Klimbim. Springerstiefel mussten sein. Er hatte nur das eine Paar Schuhe. Die Tarnung war gut genug, um bei einem alten Freund zu klingeln. Das Klingelschild war zwar erneuert, doch der alte Name war noch da.

Eine Männerstimme meldete sich.

Klemens fragte: »Ist Enrico da?«

Die Stimme: »Ich bin Enrico.«
»Hier ist Klemens.«
»Welcher Klemens?«
»Der alte Klemens.«
»Klemens?«
»Ja.«
»Das gibt's doch nicht! Klemens!«
Im Hintergrund war eine Frauenstimme zu hören.
Enrico sagte: »Ich komm runter.«
Während Klemens wartete, fiel ihm der trostlose Abschied vor zehn Jahren ein, die Arie mit seinem Vater, die Gartenzwerge. Das Fenster, durch das sie damals vor den Bullen getürmt waren, stand offen.
Enrico hatte die Glatze immer noch. Sie umarmten sich, klopften sich die Rücken und lachten. Als Klemens eine Zigarette drehte, entdeckte Enrico das Wehrmachtskreuz und sagte: »Gut, dass du jetzt erst kommst. Vor einem Jahr hätte ich dich umgehauen.«
Dass es nicht sicher sei, wer wen umgehauen hätte, sagte Klemens.
Sie kauften Dosenbier und setzten sich an die Bushaltestelle.
»Wie in alten Zeiten«, sagte Klemens.
Enrico fragte: »Bist du noch Nazi?«
»Nee«, antwortete Klemens.
»Und warum nicht?«

Klemens schwieg lange, ein halbes Bier lang, dann sagte er: »Ich bin das nicht.«

Ohne diese Einsicht hätte Enrico nicht von sich erzählt. Ein Nazi war es nicht wert, dass man ihm erzählte. Der war zum Draufhauen gut. Und da hatte er auch draufgehauen, als er noch Redskin war. Doch auch wenn er nun nicht mehr aktiv war, erzählen würde er einem Nazi nichts. Er sagte: »Abschaum.«

»Abschaum«, sagte Klemens.

Dem ideologischen Schlagabtausch war damit Genüge getan. Klemens fragte, ob Enrico noch bei seiner Mutter lebe? Er habe vorhin eine Frau gehört. Das sei nicht seine Mutter, sagte Enrico, das sei seine Frau, der Grund, weshalb er vorhin nicht geöffnet habe.

»Hat die was gegen mich?«

»Ja, irgendwas muss die gegen dich haben.«

Enrico ließ sich Zeit, bis er mit der Sprache herausrückte. »Die wollte irgendwie nicht, dass du sie bei mir siehst.« Er trank langsam, aber zügig.

Klemens hatte, als sie zur Bushaltestelle kamen, an die Zwillinge gedacht. »Sandra?«, sagte er. »Du und Sandra?« Und weil Verwechslungsgefahr ja nun mal bestand, fragte er: »Bist du dir sicher?«

Nun musste Enrico lachen. Er sagte: »Weißt du noch, wie wir auf die gewartet haben. Im Frühling waren sie wieder da. Mit ihrer Mutter im Rollstuhl. Die wollte sich immer von Nicole rumschieben lassen. Da saß ich mit Sandra. Vor zwei Jahren habe ich sie wiedergetroffen. An der Kasse im Supermarkt. Nächsten Monat kommt unser Baby.«

»Wisst ihr schon, was es wird?«

»Ein Kind.«

Der Rückzug ins Private, diese schon so oft gescholtene Verhaltensweise des von der Politik enttäuschten Bürgers, kann, auf den Extremisten bezogen, nicht hoch genug geschätzt werden. Wie viel Ärger bliebe der Gesellschaft erspart, zögen sich die Extremisten rechtzeitig ins Private zurück. Doch leider ist da nichts mehr, wohin es sich zurückzuziehen lohnte. Das Private hat der Extremist über allem Extremismus verlottern lassen. Jetzt fällt er der Gesellschaft mit Heimatlosigkeit zur Last.

Enrico hatte den Absprung geschafft. Er war fruchtbar, wurde bald vermehrt und hatte einen Job bei den Packern in Tegel am Flughafen. Seit er mit Sandra zusammen war, wollte er nicht mehr in den Krieg gegen die Nazis ziehen. Den Kopf rasierte er sich nur noch, weil sie es mochte, und besonders mochte sie es, wenn die Haare einen halben Millimeter lang waren. Er nannte sie *Chefin.* Ob Klemens auch eine haben wolle? Seit Nicole ihren Araber verlassen habe, sei sie ständig bei der Schwester und wenn nicht, telefoniere sie mit ihr. Nach dem fünften Bier schien es Enrico an der Zeit, Braut-

schau zu halten. In solch unsichere Gefilde hatte Klemens den Ausflug allerdings nicht geplant. Hätte er etwas gesagt, würde er gestottert haben. Sie hatten noch vier Bier. Enrico verkürzte den Aufschub, indem er zwei mit nach Hause nahm.
Die Schwestern saßen zusammen auf dem Balkon und telefonierten.
»Das kann dauern«, sagte Enrico.
Klemens fragte: »Reden sie am Telefon miteinander?«
»Sieht so aus.«
Gleichzeitig legten die Gesprächsteilnehmerinnen auf und redeten übergangslos von Babywäsche und südländischen Machos, was ebenfalls dauerte. Enrico schaltete den Fernseher an, ließ die Büchse zischen.
»Warum kommt ihr denn nicht raus?«, rief Sandra. »Nicole hat auch Durst.«
Aufregung lag in der Luft. Schlecht für Klemens. Er sagte nichts, lehnte an der Brüstung, was Nicole sympathisch fand. Nach ihrem Araber wirkten zurückhaltende Männer angenehm auf sie. Rasieren müsste er sich natürlich, vielleicht auch die Haare. Nein, die Haare waren perfekt, einen halben Zentimeter. Aber länger nicht. Mit Mitte Zwanzig war sie auch nicht mehr die Jüngste, langsam musste sie Nägel mit Köpfen machen.
Sie fragte ihn, ob er jetzt öfter komme oder ob er eher eine Eintagsfliege sei?

Seine Antwort ließ an Eindeutigkeit nichts zu wünschen übrig: »Mal sehen.«

Sandra hielt sich die Fäuste vor den Mund, kicherte und rief: »Ist der süß!«

Klemens wurde rot, was wegen der verglimmenden Röte des Abendhimmels nur er selber bemerkte.

»Sie meint mich!«, sagte Enrico. »Das will ich doch schwer hoffen.«

»Du wieder«, sagte Sandra in äußerst geringschätzigem Ton.

Bei Enrico gingen die Klappen runter. Er sagte kein Wort mehr.

»Jetzt ist er wieder beleidigt«, sagte Nicole.

Enrico hatte Verstärkung dringend nötig. Die Zwillinge waren ein eingespieltes Team. Da von männlicher Seite aktuell keine Wortmeldungen zu erwarten waren, diskutierten sie über Stillzeiten. Sandra hatte Angst um ihren Busen und wollte höchstens vier Monate stillen. Nicole zog die Schultern zurück und blickte zu Klemens. Der hätte überall hingeschaut, nur nicht auf Nicoles Holz vor der Tür. Er war ein Jungmann, dem alles beigebracht werden musste, eine Aufgabe, die Nicole gern übernahm. Oft lobte sie Klemens' Zärtlichkeit vor ihrer Schwester und damit selbstverständlich auch vor Enrico über den grünen Klee. Sofort hatte Sandra eine niederschmetternde Bemerkung für Enrico parat.

Nun hätte man ein Häkchen hinter Klemens machen können. Die Weichen waren auf privat gestellt. Nicole hatte eine Zweizimmerwohnung. Es war eine Zeitfrage, wann sie endlich in guter Hoffnung wäre. Sie verhüteten ab dem zwölften Tag nach dem Eisprung. Eine deutsche Frau musste schließlich wissen, wann sie empfänglich ist. Manchmal geisterte Klemens wie ein Gruß aus der Vergangenheit der Gedanke durch den Kopf, er habe eine deutsche Frau. Deutsch oder nicht: Zwölfter Tag war heikel. Auch Marvin ist ein Kind des zwölften Tages. Ohne die Kinder des zwölften Tages wäre es um den Nachwuchs in Deutschland noch schlechter bestellt.
Nicole wurde schwanger, sie entschied sich für eine größere Wohnung und besorgte Klemens Arbeit bei der Baufirma, bei der sie als Bürokraft angestellt war. Nicht lange nach der Geburt eines Jungen, Paul, warf sie Klemens vor, dass er zu wenig Geld verdiene, auf Montage verdiente er mehr. Doch der wollte die Familie nicht nur an den Wochenenden besuchen oder womöglich noch seltener. Bis ihm Nicole die Pistole auf die Brust setzte: Entweder er brächte mehr Geld nach Hause, oder er würde das Kind eben nur noch einmal im Monat sehen. Sie wolle sowieso wieder in eine kleinere Wohnung ziehen. Die jetzige sei doch viel zu teuer für ihre Verhältnisse.
Die Beziehung stürzte über den ersten Streit. Als Klemens ausziehen musste, war Paul solange auf der Welt, wie er im Bauch gewesen war, nach jenem schicksalhaften zwölften

Tag. Die Geburt hatte Klemens tief bewegt. Er war ein liebevoller Vater, in seiner Freizeit trug er das Baby viel herum, windelte es und gab ihm die Flasche. Nicole hatte nach zwei Monaten abgestillt.
Bald erfuhr er von Enrico, dass sie einen netten neuen Freund habe, der gut zu dem Kind sei.
Er zog in ein Loch nach Neukölln, ließ sich ins soziale Netz fallen und hatte Glück: An der nächsten Straßenecke war ein Antiquariat. Im Schaufenster lag der vierte Band der drei lustigen Gesellen. Klemens betrat erstmals ein Geschäft, in dem ausschließlich Bücher verkauft wurden. Der Geruch war ihm angenehm. Als er seinen Wunsch äußerte, fragte der Antiquar, ob er das Buch einpacken solle. Klemens verneinte, er wolle gleich zu lesen beginnen.
»Ah, ein junger Leser«, sagte der Antiquar erfreut. Diese Freundlichkeit bewirkte, dass Klemens wieder hinging. Der Antiquar hieß Thomas mit TH. Er war Ende fünfzig, beleibt, mit Glatze. In Klemens sah er einen guten Jungen, der ein paar Tipps brauchte. So landete der gute Junge irgendwann bei Reiseberichten. Im Laden traf er auch Karl, einen Globetrotter, der schon alle Kontinente bewandert hatte, einschließlich der Antarktis. Karl schwor, man könne nicht besser reisen als zu Fuß.
Klemens hielt es schwer aus, seinen Sohn nur einmal im Monat für einen Nachmittag zu sehen. Er hatte kein Sorgerecht.

Nicole konnte bestimmen, wie sie wollte. Als Klemens zu ihr sagte, es sei gut für Paul, wenn er seinen Vater sehe, er, Klemens, sei ohne Vater aufgewachsen, seinem Jungen müsse es nicht genauso gehen, erwiderte sie, dass Paul in erster Linie eine Mutter brauche, und Klemens sich wirklich nicht so wichtig nehmen solle. Durch ihre Bevormundung fühlte er sich wie an einer Leine. Er musste Abstand gewinnen und flog, nicht zuletzt deshalb, um die Heimat jener zu besuchen, denen er in Deutschland so feindlich gesonnen war, nach Vietnam. Karl hatte viel über die Herzlichkeit der Vietnamesen erzählt und Klemens damit beschämt. Wenig Geld habe er gebraucht, an nichts habe es ihm gefehlt. Schlafen könne man in den Mädchenhäusern. Es sei aber gut, ein Foto von einer Frau mit Kind dabeizuhaben.
Klemens wanderte im Landesinnern von Dorf zu Dorf. Er genoss die Unabhängigkeit. Der Abstand tat ihm gut. In den Mädchenhäusern fand er einen Schlafplatz. Wenn ihm die Mädchen keine Ruhe ließen, weil er noch keine Liebe gekauft hatte, zeigte er ein Foto herum von Nicole und Paul gleich nach der Geburt. Dann musste er nur einen Obolus für die Herberge entrichten und konnte schlafen.
Mit wenigen Brocken Englisch kam er durchs Land, ging von Ho-Chi-Minh-Stadt bis nach My Son, wo er zwischen den bemoosten Ruinen der Tempelstadt saß und plötzlich Tränen hatte.

Ein halbes Jahr war er unterwegs. Zurück in Berlin, wollte er Paul sehen. Nicole sagte am Telefon, da müsse man erst einen Termin vereinbaren, vor Ende nächster Woche ginge sowieso nichts, außerdem habe Paul jetzt einen neuen Papa. Bevor Klemens etwas erwidern konnte, legte sie auf.

—

»Da bist du als Mann in Deutschland am Arsch«, sagt er. »Dagegen kannst du genauso wenig machen wie gegen eine Diktatur.«

Er rennt offene Türen bei mir ein. Die vaterlose Gesellschaft ist durch Gesetze gut geschützt. Das hat mir schon manche schlaflose Nacht bereitet, als ich an Deutschland dachte und an die gestaute Ohnmacht auf Seiten der Kinder, auf Seiten der Väter, diese Tristesse des ständigen Abschieds, dem kein Zauber innewohnt, sondern gebrochene, traurige Seelen. Wir kommen an Schopenhauers Paragraf 148 aus »Vereinzelte, jedoch systematisch geordnete Gedanken über vielerlei Gegenstände« nicht vorbei: »Jedes einzelne Unglück erscheint zwar als eine Ausnahme; aber das Unglück überhaupt ist die Regel.«

In langen Gesprächsabenden mit Thomas bei Bücherabstauben und Pfefferminztee stellte sich für Klemens heraus, dass er versuchen sollte, dem Paragrafen 148 ein Schnippchen zu schlagen.

—

Draußen verregneter April. Drinnen köchelnde Tomatensoße. Im Deutschlandfunk läuten die Glocken. Ich liebe die Sonntagvormittage, wenn Marvin singend durch die Wohnung geht, sich allerlei Gegenständen widmet, zum Beispiel seiner Waffensammlung, oder andere Identitäten annimmt wie die von Mister Steed, dem wohl populärsten Detektiv der Gegenwart. Er hat sich einen Detektivausweis mit Passbild und Fingerabdruck angefertigt, der nur noch laminiert werden muss. Sonntagvormittage lassen sich über den Mittag hinaus strecken und sind erst vorbei, wenn das Essen auf dem Tisch steht. Sonntagabends ist Marvin hocherfreut, wenn er es geschafft hat, seinen Schlafanzug den ganzen Sonntag über nicht auszuziehen. Trotz aller Leichtigkeit oder vielleicht gerade deshalb wird die ganze Tragweite der eigenen Existenz keineswegs vergessen.

»Papa, wozu bin ich auf der Welt?«

»Um zu leben.«

»Nicht um zu leben. Ich bin ja schon auf der Welt. Das ist ja leben.« Marvin sieht mich an, als würde ich nicht begreifen. »Um zu spielen!«

Ich streiche ihm eine Strähne aus dem Gesicht. Seit er sich die Haare wachsen lässt, eine oft wiederholte Geste. Er klettert an den Heizungsrohren zur Küchendecke und fragt von droben: »Warum gibt es das All?«

Ich stehe rührend am Herd und denke nach. Solche Fragen hätte ich in seinem Alter nicht zu stellen gewusst. Die Kinder sind in den letzten fünfzig Jahren klüger geworden. »Damit wir irgendwo sein können«, sage ich. »Irgendwo müssen wir ja sein, sonst wären wir ja nicht, wo wir sind.«

»Guck mal, ich kann mit einer Hand.« Mit der anderen berührt er den Deckenlampenschirm. Der müsste mal wieder geputzt werden.

»Darf ich mich mal an der Lampe durch die Küche schwingen?«

»Nein.«

»Warum nicht?«

»Weil das die Lampe nicht aushält.«

»Und weil mir da was passiert?«

»Ja.«

»Du hast mich wohl sehr lieb?«

»Ja.«

»Ich mag mich auch sehr.«

© Nadja Klier

STEPHAN KRAWCZYK, 1955 im thüringischen Weida geboren, lebt als Liedermacher und Schriftsteller in Berlin. Seine kritischen Texte machten ihn zu einem der bekanntesten Regimegegner der DDR. Nach seinem Berufsverbot 1984 konnte er nur noch in Kirchen auftreten. 1988 wurde er verhaftet und in den Westen abgeschoben. Forderten seine Texte zu DDR-Zeiten Meinungsfreiheit ein und prangerten die Zustände im Staat an, wandte er sich nun gegen gedankenlose Umweltzerstörung und globalisierte „Weltbürgerwänste“. 2005 erhielt er für sein Wirken den vom Bund der Lutherstädte verliehenen Preis „Das unerschrockene Wort“. In der edition chrismon erschien seine CD „erdverbunden, luftvermählt“.